www.tredition.de

AF202334

Paul Baldauf

Gestatten, Draculea…

Die Reise nach Rumänien

www.tredition.de

© 2020 Paul Baldauf
Verlag & Druck: tredition GmbH, Halenreie 40-44, 22359 Hamburg

ISBN
Paperback   978-3-347-13453-9
Hardcover   978-3-347-13271-9
e-Book   978-3-347-13455-3

Kapitel 1: Mamaia, Konstanza...

Er schloss die Tür hinter sich und hängte seinen Mantel an einen Haken. Ein anstrengender Tag in der neuen Firma lag hinter ihm. Als er sich dem Esszimmer näherte, hörte er Geklapper von Tellern. Michaela ließ alles liegen, eilte ihrem Mann entgegen und strahlte.

„Heute Abend haben wir einen Grund zum Feiern!"

«Schön wäre es. Wie bringe ich es ihr bei?»

Sie geleitete ihn mit einer Hand an den Tisch.

„Jetzt setze dich erst einmal und ruhe dich aus. Ich komme gleich mit dem Essen."

Er nahm Platz und sah ihr nach.

Erinnerungen an seinen ersten Aufenthalt in Rumänien tauchten auf:

«Mamaia, Konstanza, das Schwarze Meer...Wie konnte ich ahnen, dass ich dort eine Rumänin kennen lerne und sie später heiraten werde.»

Er erinnerte sich an jenen Nachmittag, an dem er in einem Reisebüro einem Mann gegenübersaß, der unter Kopfschütteln auf einen Bildschirm deutete: Costa de la Luz?

Oh, das sieht gar nicht gut aus, fast alles ausgebucht!

«Und dann habe ich mich zu einer Reise an die Schwarzmeerküste überreden lassen. Michaela lief mir am Strand über den Weg: Dieser offene, zuweilen schelmisch wirkende Blick. War es Zufall, dass wir später an diesem Kiosk wieder zusammentrafen und sie mir half, als ich die Verkäuferin nicht verstand?»

Er sah sich wieder, unter einem Sonnenschirm, mit ihr zusammen an einem der Tische vor dem Kiosk sitzen.

«Deutsche Sprache kann ich gut brauchen, wenn Patienten aus eurem Land kommen. Ich arbeite in Eforie Nord, ist ein Kur... – wie sagt man – Kurort, richtig!»

Michaela kam aus der Küche und stellte zwei Schüsseln auf den Tisch. Er erhob sich.

„Warte, ich helfe dir."

Blank polierte Gläser standen bereit. Eine Flasche Qualitätswein glänzte im Licht einer Lampe.

Als alles vorbereitet, der Tisch gedeckt war, legte Michaela eine CD auf.

„Ist von «Händel: Feuerwerksmusik». Der Titel passt zu unserem Anlass. Machst du bitte Flasche auf?"

Matthias entkorkte und füllte beide Gläser.

„Du, Michaela, ich"

„Warte, mache ich noch große Lampe aus und zünde Kerzen an, dann ist alles perfekt."

Sie suchte nach Streichhölzern. Händels Musik erfüllte den Raum wie ein Feuerwerk den Nachthimmel. Seine Frau stellte den Ton etwas leiser. Dann setzte sie sich und erhob ihr Glas.

„Komm, lass uns anstoßen. Auf"

„Michaela, ich *muss* dir etwas sagen."

Sie hielt inne und sah ihn an. Eine Vorahnung beschlich sie. Alle Spuren von Freude waren aus ihrem Gesicht gewichen.

„Es tut mir leid, aber wir müssen unsere geplante Hochzeitsreise nach Ägypten verschieben. Wir haben einen großen Auftrag an Land gezogen. Nachdem ich noch nicht lange in der neuen Firma bin, kann ich jetzt *unmöglich* verreisen. Wir holen es nach, ich verspreche es dir."

Michaela setzte ihr Glas wieder ab und sah ihren Mann betrübt an.

„Ich hatte mich *so* darauf gefreut: Die Pyramiden, die Königsgräber...Ich habe viel darüber gelesen und Bilder gesehen, das Land fasziniert mich. Eine Fahrt auf dem Nil, die Palmen, Sonne..."

Sie setzte einen Schmollmund auf, dann fasste sie sich wieder.

„Also gut, verschieben wir die Reise nach Ägypten auf das nächste Jahr. Warte, habe ich andere Idee!"

Er nahm einen Schluck und war gespannt, worauf sie hinauswollte.

„Du warst nur einmal in meiner Heimat."

«Statt Ägypten wieder nach Rumänien?»

„Machen wir zehn Tage Urlaub.“

Matthias atmete tief durch. Was tun? Eine Diskussion vom Zaun brechen? Nicht, dass er Rumänien als Reiseland grundsätzlich nicht mochte, aber er fürchtete sich vor Besuchen bei ihrer Verwandtschaft, wusste er doch, dass keiner von ihnen Deutsch sprach. Die Vorstellung, wieder ständig seine Frau als Dolmetscherin einschalten zu müssen, missfiel ihm.

„Was ziehst du für ein Gesicht? Du siehst aus, als hättest du auf Zitrone gebissen! Gefällt dir nicht meine Idee?“

„Doch, doch“, beteuerte Matthias und dachte zugleich, dass dies vermutlich nicht überzeugend klang. Er bemühte sich, ein Lächeln aufzusetzen.

Kapitel 2: Drei Monate danach

Michaela war in bester Stimmung. Vor ihr lag ein aufgeschlagener Atlas. Sie blätterte, bis sie eine große Karte von Rumänien fand. Dann glitt sie mit einem Finger über ihr Heimatland. Während ihr Mann in der Firma mit Statikformeln operierte, ließ sie ihrer Vorfreude freien Lauf.

«Romania, endlich werde ich dich wiedersehen. 10 Tage ist wirklich nicht viel Zeit. Da muss ich gut überlegen, was wir besichtigen.»

Nun, da sie die Schwarzmeerküste in den Blick bekam, legte sich ein Lächeln über ihre Züge. «In Mamaia, da habe ich ihn zum ersten Mal gesehen. Dann, Tage später, habe ich ihm Konstanza gezeigt. Wenn ich an unseren Spaziergang an der Promenade denke...»

Ihr kam es fast so vor, als schlendere sie erneut mit ihm am Meer entlang, als schaue sie wieder mit ihm hinaus, in die Weite, zu Möwen, die in der Luft standen und dann plötzlich weiterflogen. Ihr kam es fast so vor, als höre sie wieder ihr Gekreische.

«Wie herrlich, das Klima dort! Dann sind wir in dieses Kasino gegangen, haben Rotwein bestellt. Wie zerstreut der Kellner war…Er musste zweimal laufen, da er erst etwas ganz anderes brachte.» Sie schmunzelte.

«Das hätte ich nie gedacht, dass ich Matthias heirate und nach Deutschland ziehe. Sicher, ich mochte ihn, da er so verlässlich wirkte, aber Liebe auf den ersten Blick war es nicht. Wie ernst er war, immer so kontrolliert! Sein Beruf passt zu ihm. Da muss er sehr genau sein, alles richtig vermessen und planen, für Bau von Brücken, Hochhäusern und so weiter. Also für mich wäre das nichts. Allein diese Formeln…Dachte ich, mir wird schwindlig, als er mir die mal gezeigt hat. Wie der das in seinen Kopf kriegt, ist mir Rätsel. Aber das läuft ja über Computer, nicht mehr wie früher mit Lineal, Zeichenstift, Reißbrett. Ein kleiner Fehler, so sagte er mir, kann furchtbare Folgen haben, kann alles einstürzen, vielleicht noch Leben fordern!»

Ihr schauderte bei der Vorstellung.

«Habe ich zum Glück nicht, dieses Problem. Tut Patientin vielleicht mal ein bisschen weh, wenn massiere ich an falsche Stelle, aber es hat keine dramatischen Folgen. Ich glaube, er hat alles im Griff, so genau wie er ist. *Rational*, sagt man. War immer sehr gut in Mathematik und Physik.

Seltsam, dass wir uns gefunden haben...Wo ich doch Kunst und Bilder, Bücher, Geschichten, Sagen und Märchen mag.

Schade, dass er keinen Sinn für so was hat, kann man nichts machen. Wo habe ich Phantasie im Kopf, hat er Formeln.»

Sie löste sich aus ihren Gedanken und überflog erneut die Karte ihres Heimatlandes.

Kapitel 3: Endlich in Rumänien...

Eine Woche war vergangen, als Michaela und Matthias ihren Eltern und Verwandten ein letztes Mal um den Hals fielen und sich verabschiedeten. Matthias ließ höflichkeitshalber durch seine Frau mitteilen, dass beide auf «baldigen Gegenbesuch» hofften. Nun stiegen sie mit ihrem Gepäck in das Auto eines entfernten Verwandten.

„Wohin fahren wir jetzt?" fragte Matthias, als sie bereits unterwegs waren. Michaela wedelte mit einem Finger.

„Verrate ich dir nicht, lass dir überraschen. Oder traust du deiner Fremdenführerin nicht über Weg?"

„Doch, doch", beteuerte ihr Mann, der erst einmal aufatmete. Der dauernde Dolmetschereinsatz seiner Frau – Rumänisch, Deutsch, Rumänisch – hatte ihn vermutlich mehr angestrengt als sie. Nun hörte er endlich wieder deutsche Laute.

Sicher, die rumänische Sprache klang interessant. Aber wie frustrierend war es, wenn man sich nicht verständigen konnte.

Michaela riss ihn aus seinen Gedanken, wies bald nach rechts, bald nach links, machte ihn unterwegs auf die Landschaft oder besondere Bauwerke aufmerksam. Es war offensichtlich, dass sie sehr zufrieden war. Er ergriff ihre Hand. Sie erwiderte seinen Händedruck, sah zu ihm auf und lächelte. Dann begann sie eine lebhafte Diskussion mit dem Fahrer, der daraufhin etwas schneller fuhr.

„Hast du nicht verstanden, was ich zu ihm gesagt habe, wie?"

Sie fügte hinzu:

„Musst du dir keine Sorgen machen. Deine Frau weiß, wohin sie dich führt. Wird dir bestimmt gefallen."

Ankunft in Brasov

„So, jetzt darfst du wieder Augen aufmachen."

Der Fahrer parkte den Wagen, Matthias sah sich um. Michaela hatte darauf bestanden, dass er die letzten zehn

Minuten vor ihrer Ankunft, die Augen geschlossen hielt. Ideen hat die, dachte er wohlwollend, manchmal ist sie richtig kindisch. Er sah sich um und erblickte das Gebäude des HOTEL AMBIENT.

«27 Iuliu Maniu Boulevard», las er.

„Wo sind wir?"

„In «Brasov», auf Deutsch «Kronstadt»! Wir übernachten hier zweimal. Habe ich von Deutschland aus reserviert. Was sagst du *jetzt*?"

„Hoffentlich ist es kein Luxushotel."

„Nein, nein, kannst du unbesorgt sein."

Sie gab ihm ein Zeichen, den Fahrer nicht zu vergessen. Dann wechselte sie einige Worte mit ihrem Verwandten, und Matthias steckte dem Fahrer einen Schein zu. Dieser bedankte sich und trug ihre Koffer noch bis zum Eingang des Hotels. Ein letzter Dank und Gruß, und sie betraten die Eingangshalle. Ein Herr trat auf sie zu, sprach kurz mit einer Dame an der Rezeption und wandte sich dann wieder den neu angekommenen Gästen zu:

„Welcome in our Hotel! Herzlich willkommen! My name is Ciprian Dogaru. I am the executive manager. I wish you a most pleasant stay. Fühlen Sie sich bei uns wie Zuhause."

Als ihr Mann Stunden später schon schlief, schlich sich Michaela aus dem Bett. Sie durchwühlte ihre Reisetasche und fischte ein Buch hervor. Dann kroch sie ins Bett zurück, beugte sich näher zu der kleinen Nachttischlampe.

«Verstecke ich besser vor meinem Mann».

Sie kicherte leise in sich hinein.

«Sonst verzieht er wieder Gesicht. Kann er nichts anfangen, mit solchen Geschichten. Ich schon, ha-ha-ha. Schade, würde ich ihm gerne vorlesen.»

Sie zog ihre Beine hoch, stützte ihren Ellenbogen auf.

«Ja, so ist bequemer, wo war ich stehen geblieben?»

Michaela blätterte, bis sie das Lesezeichen fand. Sie sah sich noch einmal um – er schläft tief – dann tauchte sie, nahezu atemlos, erneut in die Lektüre des berühmten Buches von Bram Stoker ein.

«Graf Dracula, wie schön unheimlich dieser Name schon klingt...Ist er nur nachts zu sprechen, dieser Graf, weil tagsüber ruht er in Särgen...»

Sie zog sich für einen Moment die Decke über den Kopf.

«Muss ich nochmals lesen, wie dieser Jonathan Harker anreist nach Transsilvanien, gefällt mir sooo gut...Ahnt er noch nicht, was kommt...»

Am nächsten Morgen wachte Michaela als Erste auf. Sie erinnerte sich an eine unruhige Nacht, einen seltsamen, bedrückenden Traum:

Der Hotelmanager war, mit bleichem Gesicht, vor ihr aufgetaucht und hatte sie stumm an eine Dame an der Rezeption verwiesen, die sie zu ihrem Zimmer geleitete. Doch wie konnte sie ahnen, dass darin, statt einem Bett, ein großer Sarg stand...Michaela sah das Buch von *Stoker* auf dem Boden vor ihrem Bett liegen, hob es schnell auf und ließ es in ihrer Tasche verschwinden. Es dauerte nicht lange, und ihr Mann wachte auf, blinzelte und rieb sich die Augen.

„Hast du gut geschlafen, Schatz?"

Er überlegte kurz, wobei er ein Auge auf und zu kniff.

„Geht so. Ich habe geträumt, dass wir eine gewaltige Brücke quer über den Neckar gebaut haben. Die nahm überhaupt kein Ende!"

Er schüttelte den Kopf. Michaela betrachtete ihn und strich ihm mit einer Hand über das Gesicht.

Die Rezeptionistin des Hotels hatte ihnen Stella, eine Stadtführerin, vermittelt. Nach dem Frühstück machten sich alle zusammen auf den Weg in die Stadt. Stella legte ein flottes Tempo vor und führte sie als erstes zur «Kirche St. Bartholomäus».

„Hier stehen wir vor dem ältesten historischen Monument unserer Stadt" begann sie mit einem gewissen, durchaus nicht unsympathischen, Stolz.

„Die Kirche wurde 1223 erbaut, der Stil ist romanisch."

Michaela und Matthias bestaunten den wuchtigen Kirchturm und die massive Bauweise der Kirche. Die Fremdenführerin machte sie auf die gute Lage aufmerksam und erklärte die Bedeutung einiger Gebäude im Umkreis. Als Michaela mit ihrem Mann wieder aus dem Kircheninneren kam, ging es auch schon weiter.

„Nun gehen wir zum ältesten Teil unserer Stadt, «Scheii Brasovului», genannt. Die Umgebung ist hier besonders reizvoll."

Als sie nach einem strammen Fußmarsch vor der «Kirche St. Nikolaus von Myra» standen, fiel Matthias gleich der große Unterschied im Baustil auf. Das Gotteshaus erhob sich grazil in die Höhe, umgeben von viel Grün. Er schnaufte tief durch. Stella lachte hell und zugleich freundlich auf.

„Wenn ich zu schnell laufe, sagen Sie bitte. Ich kann auch langsamer. Oder wir nehmen Taxi oder Kutsche."

„Es geht schon", versicherte Matthias.

Nach einer Stunde standen sie vor der «Schwarzen Kirche».

„Früher wurde die «Schwarze Kirche» nach «Maria» benannt. 1689 wurde sie leider teilweise zerstört, durch ein schreckliches Feuer. Durch das Feuer wurden die Wände geschwärzt. Sie gilt als bedeutendste gotische Kirche in unsere Land und ist auch die größte zwischen Wien und Istanbul! Bekannt ist sie für Orgelkonzerte, die oft hier stattfinden sowie für größte Orgel in Südosten von Europa."

Wie oft wird sie diesen Spruch schon aufgesagt haben, fragte sich Matthias. Zugleich war er erstaunt über ihr gutes Deutsch. Als hätte Stella seinen Gedanken erraten, sagte sie:

„Vielleicht wundern Sie sich, woher ich Deutsch kann? Ich habe viele Verwandte in «Sibiu, Hermannstadt». Dort bin ich aufgewachsen. Viele Leute dort sprechen Deutsch oder haben Vorfahren in Ihrem Land. Ich habe in Schule gelernt. Mache ich aber noch oft kleine Fehler."

Michaela schmunzelte heiter und kommentierte leise:

„Wem sagen Sie das?"

Zunächst betrat Stella mit ihren Gästen die Kirche. Dann ließ sie Michaela und Matthias eine Weile allein. Nach der Besichtigung blieb nicht viel Zeit.

„Tut mir leid, dass ich so Tempo mache, aber gibt es viel zu sehen in Brasov oder Kronstadt. Morgen, so sagte man mir in Hotel, fahren Sie schon wieder weiter?"

„Das ist richtig", bemerkte Matthias, während er sich insgeheim fragte: Wohin wird Michaela mich morgen entführen?

Nach dem Besuch der «Alten Stadthalle» und des dort beherbergten «Historischen Museums von Kronstadt» führte Stella sie noch zur «Zitadelle».

„Sie war eine der stärksten Verteidigungszitadellen in ganz Transsylvanien!"

Michaelas Gedanken kehrten an ihre Lektüre von gestern Nacht zurück. «Transsylvanien: Wie geheimnisvoll schon dieses Wort klingt. Dahin war dieser Jonathan Harker aufgebrochen, nicht ahnend, dass...»

„Wenn Sie die Zitadelle besichtigt haben, schlage ich vor, dass wir dort im

Restaurant Köstlichkeiten der einheimischen Küche genießen. Nachher führe ich Sie noch zum «Turm des Webers». Er war einer der sieben Wachttürme, die um die Stadtmauern herum gebaut wurden."

Nach der Führung überquerten Michaela und Matthias den herrlichen Marktplatz — «Piaţa Sfatului» — und schlenderten gemächlich durch die mittelalterliche Stadt. Sie erfreuten sich am Anblick der romantischen und gepflasterten Gassen und der bewaldeten Berglandschaft in der Umgebung.

„Hier sind wir im Herzen der Karpaten, in Transsilvanien. Vielleicht haben wir vor unserer Heimreise noch Zeit auch «Sinala», den Sitz des ehemaligen Königs und das «Schloss Peles» zu besichtigen."

Matthias spürte, wie zufrieden und stolz sie war, ihm ihre Heimat zu zeigen.

„Doch morgen fahren wir erst einmal in andere Gegend."

Sie sah die Frage in seinem Gesicht, legte einen Finger auf ihre Lippen und zwinkerte.

„Verrate ich nicht. Musst du noch etwas Geduld haben."

Kapitel 4: Am nächsten Morgen

Nicola, ein Angestellter des Hotels, half ihnen, ihre Koffer zum Taxi zu tragen. Der Taxifahrer wartete schon. Michaela ging zu ihm und flüsterte ihm etwas ins Ohr. Der Fahrer nickte und war erfreut, mit einer Landsfrau zu sprechen.

«Ich darf den Ort, zu dem wir fahren, auf keinen Fall erwähnen? Von mir aus.»

Er gab das Signal zum Einsteigen. Als er losfuhr, wandte Matthias sich an seine Frau.

„Wohin fahren wir jetzt?"

Michaela bewegte ihren Kopf hin und her, wie ein Scheibenwischer.

„Verrate ich nichts. Lass dich überraschen. Sage ich nur: Dauert nicht lange, die Fahrt und der Ort ist etwas ganz Besonderes, eine große Attraktion in unserem Land."

Matthias schloss die Augen und bemühte sich, sich seinen Verdruss nicht anmerken zu lassen. «Warum redet sie nicht einfach Klartext?! Gibt es keine

Zugverbindung dorthin? Warum besteht sie auf der Fahrt mit dem Taxi? Ich hätte doch einen Mietwagen nehmen können.»

Er blickte aus dem Fenster und betrachtete eine ganze Weile die wild zerklüftete, raue Landschaft.

«Wo sind wir? Das können höchstens 30 Kilometer gewesen sein.»

Der Fahrer hielt an und nannte Michaela den Fahrpreis. Sie kramte Geld aus ihrer Handtasche, zahlte, legte noch ein paar Münzen nach. Matthias blickte hinaus. Auf seinem Gesicht zeichnete sich eine Frage ab.

„Wo ist das Hotel? Ich sehe keines!"

Michaela lachte vergnügt.

„Habe ich diesmal gar nicht reserviert, ist spannender so."

Er verzog das Gesicht.

«Wie bitte? Was soll das jetzt? Hätte sie die Planung doch mir überlassen! Glaubt sie, ich habe Lust, jetzt mit unseren Koffern durch die Landschaft zu stapfen und ein Hotel zu suchen?»

Er bemühte sich, aufsteigenden Grimm unter Kontrolle zu bekommen. Michaela legte ihm eine Hand auf die Schulter.

„Musst du dir keine Sorgen machen, denke ich an alles: Hier ist leicht, Unterkunft zu finden."

Mit einem fast triumphalen Lächeln fügte sie hinzu:

„Von Privat!"

Seine Mundwinkel gingen nach unten. «Von Privat? Um Himmels willen! Das fehlt mir gerade noch! Für sie ist das vielleicht interessant, sie kann sich mit den Leuten auf Rumänisch unterhalten, aber ich will in ein anständiges Hotel!»

„Michaela"

Sie war schon ausgestiegen.

Der Taxifahrer verabschiedete sich. Matthias sah sich verdrossen um, ergriff beide Koffer und merkte, wie schwer sie waren.

„Wo sind wir hier?"

Michaela zeigte mit ihrem Finger in die Runde.

„Na, wie gefällt dir? Ort heißt «Bran».
Später verrate ich mehr."

«Bran? Nie gehört! Warum sind wir
nicht nach Hermannstadt gefahren oder
nach Bukarest? Das kann heiter werden…Und jetzt?»

„Hier sieh mal, wie malerisch!"

Nun sah auch er die endlosen Stände,
an denen alle möglichen Artikel und
Souvenirs angeboten wurden. Im Hintergrund hörte er Gehämmer, so als be-
arbeite jemand ein Stück Metall. Die Mitte des Weges zwischen den Ständen war
von einigen Holzbänken gesäumt. Zur
Seite sah er Tische, auf denen Händler
ihre Ware anboten. Einige waren von
großen Schirmen überspannt. Über einer
Schautafel las er:

TOURIST INFORMATOR.

Ein Rumäne, über dessen Auslage ein
leuchtend gelber großer Schirm aufge-
spannt war, bot Edelsteine feil. Matthias
erkannte einen Amethyst, der in Stein
gefasst war, Quarze und Achate. An einem Imbissstand aus dunklem Holz kau-
ten Leute an einem Sandwich. Er hörte
rumänische Laute. Einige Schritte weiter

hielt eine Frau einen Korb im Arm. Sie trug ein dunkelgrünes Kopftuch, eine kleine blaue Schürze und bot weiße Blumensträuße an. Der Ausdruck ihrer Augen wirkte melancholisch. Gegenüber fiel Matthias das spitze Dach aus dunklem Holz über einem Kiosk auf. Rundherum standen Bäume dunkelgrünen Laubs. Er sah sich um und blickte in die Höhe.

„Hast du jetzt Idee, wo wir sind?"

Er schüttelte den Kopf. Sie ergriff seine Hand und zog ihn mit sich.

«Meint sie vielleicht, ich hätte jetzt Lust, mit den schweren Koffern eine gemütliche Runde zu drehen?»

Er kniff die Lippen zusammen und schaute sich um.

„Hier, sieh mal!"

Sie zog ihn näher an einen Stand heran und deutete auf eine Reihe von Tassen und Bierkrügen, auf denen ein seltsames Gesicht zu sehen war. Als er sich nach dem Koffer bückte, näherte sie auf einmal ihr Gesicht und biss ihm leicht in den Hals.

„Autsch!"

„Ha-ha-ha-ha. Ist Groschen jetzt gefallen? Oh, hier, da drüben sieht man das Schloss!"

Nun blickte sie ganz ernst. Ihr Zeigefinger wies nach oben, wo ein unheimlich wirkendes Schloss aufragte, das auf Felsen, in wild zerklüfteter Natur stand.

«Das kann nicht wahr sein, das wird doch nicht…»

„Siehst du die Türme, die Zinnen? Es war einst eine Festung. Kein Schloss auf der Welt ist wie dieses: Es ist das Schloss von Graf Dracula! Im Ernst, er wohnte dort. Glaubst du *nicht*, das ist Märchen! «Vlad Tepes», er hat wirklich existiert. Später erzähle ich dir. Habe ich dort Zimmer reserviert für drei Nächte."

Er sah sie fassungslos an und wich einen Schritt zurück.

„Ha-ha-ha, war Spaß. Viel zu teuer! Was sagst du nun? War eine großartige Idee, hierher zu fahren, nicht wahr?"

Sie wartete seine Antwort nicht ab, sondern dirigierte ihn voller Tatendrang voran.

„Müssen wir erst einmal Zimmer suchen."

Wie abgeschmackt, dachte Matthias, der seinen Blick über die Souvenirs der Verkaufsstände gleiten ließ. Was für eine groteske Figur, dieser Dracula. Doch daneben fand sich eine Reihe anderer Tassen, die gleich seine Aufmerksamkeit erregten. «Wer ist dieser Mann?» Er setzte die Koffer ab. Als hätte Michaela seine Gedanken erraten, flüsterte sie:

„Das ist er! VLAD TEPES. Er wurde auch VLAD, DER PFÄHLER, genannt. Erzähle ich dir später."

Nun drückte sich ein Schauder in ihrem Gesicht aus. Matthias griff nach den Koffern und folgte ihr. PENSIUNEA, las er im Vorübergehen. Ob das «Pension» bedeutet? Michaela hielt ihn an.

„Warte auf mich. Ich gehe hinein und frage."

Als sie zurückkam, zog sie die Stirn in die Höhe.

„Sie hat schon Gäste und sagt, momentan herrscht hier viel Betrieb."

Michaela war etwas kleinlaut geworden.

„Sie meinte, wir können erst einmal unsere Koffer bei ihr abstellen und uns im Ort umsehen. Wir finden bestimmt irgendwo ein Zimmer."

„Unsere Koffer bei ihr abstellen? Wir kennen die Frau doch gar nicht!"

„Es sind einfache und ehrliche Leute, da passiert nichts. Wenn du willst, nehme ich Ausweis und Wertsachen heraus und stecke sie in meine Tasche."

Er packte die Koffer und folgte ihr in die Pension.

Eine Viertelstunde war vergangen, als graue Wolken aufzogen.

«So ohne Koffer, dachte Matthias, ist es viel angenehmer.» Er streckte sich durch, sah sich um, dann blickte er hinauf zur Burg. Matthias konnte seinen Blick kaum abwenden.

«Was ist es nur, was einen daran so anzieht? Es kann nur die exponierte Lage sein.»

Er schätzte in Gedanken die Entfernung.

Michaela trieb es unterdessen noch einmal zu den Verkaufsständen. An einem saß eine in ein schwarzes Gewand gehüllte Frau, die in Halbschlaf versunken schien. Auch auf ihrem Kopf trug sie ein schwarzes Tuch. Darunter befand sich eine Art Mönchshaube. Sie bemerkte nicht, dass eine kleine Gruppe asiatisch aussehender Besucher sich für ihre Souvenirs interessierte und jemand vergeblich versuchte, mit ihr Kontakt aufzunehmen. Die Gruppe gab auf und zog weiter.

Hinter einem anderen Stand saß ein älterer Mann, der werbend auf Bierkrüge zeigte, auf denen einmal die Burg und dann Graf Dracula abgebildet waren. Der Krug mit der Burg sieht ja ansehnlich aus, dachte Matthias, doch den Krug mit diesem Grafen möchte ich nicht geschenkt haben.

„Meinst du, wir sollten nicht erst nach einer Unterkunft suchen? Sonst fängt es nachher noch an zu regnen.“

„Wir müssen nach Häusern schauen, wo ein Schild mit PENSIUNEA steht."

Sie sah einer Gruppe nach, die einen Weg einschlug, der den Aufgang zur Burg einleitete. Ihr kam wieder ihre nächtliche Lektüre in den Sinn. Sie konnte es kaum noch erwarten, das Schloss aus der Nähe zu sehen.

„Hier, da steht ein Schild! Wartest du auf mich?"

Sie ging voraus. Eine Tür stand offen, sie betrat das Haus. Nach kurzer Zeit kam sie zurück und zog bedauernd die Schultern in die Höhe.

„Ich wusste nicht, dass um diese Jahreszeit *so viele* Besucher hierherkommen. Die Frau hat mir eine Adresse mitgegeben, versuchen wir es dort."

Nun tat Michaela ihm etwas leid.

„Keine Sorge. Es tut mir eigentlich gut, wenn wir uns ein wenig die Beine vertreten. Die Luft ist gut hier."

Sie lächelte wieder.

„Das freut mich, dass dir das Klima gefällt. Hoffentlich gefällt dir auch Bran.

Das Schloss ist auch als «Törzburg» bekannt."

Sie wichen Leuten aus, die mit Fotokameras hantierten. Gegenüber ließ sich ein Tourist, umringt von Souvenirs, ablichten. Wohin bin ich geraten, dachte Matthias. Er wollte Michaela jedoch nicht die Stimmung verderben.

„Da muss es sein", meinte seine Frau, „da soll die Pension sein."

Sie sah sich etwas ratlos um und verglich die Adresse mit den Angaben an der Straßenecke. Dann fragte sie einen älteren Mann, der wie ein Einheimischer aussah. Er blickte erst auf, dann auf ihren Zettel. Daraufhin ließ er einen Wortschwall über sie los. Auf einmal zog er seine Kappe in die Höhe, grüßte und ging.

„Er sagt, dass hier eine Pension war. Die Besitzerin ist aber vor einigen Wochen gestorben. Dort wird nicht mehr vermietet."

Sie sah ihn etwas ratlos an. Eine ältere Frau, die ihre Andenken sortierte, gestikulierte. Sie winkte die beiden herbei. Sie traten näher. Da ist er wieder, dachte Matthias, dem das Gesicht eines Mannes aufgefallen war, der auf vielen Souvenirs zu finden war.

„Das ist Vlad Tepes, den ich vorhin erwähnt habe. Das Schloss wurde im 14. Jahrhundert erbaut, als Schutzburg und Festung gegenüber Invasoren. Später wohnte er selbst hier: Er war ein Prinz und Sohn von «Vlad Dracul», einem Ritter des Drachen-Ordens. Vlad unterzeichnete auch als «Sohn des Teufels». Er war das Vorbild für den Roman «Dracula» von Bram Stoker."

Matthias kam aus dem Staunen nicht mehr heraus. Wann hat sie das gelesen, seit wann interessiert sie sich dafür?

„Hier war die Grenze zwischen der Walachei und Transsylvanien und hier führte ein ganz wichtiger Pass durch."

Sie hatte ihren Blick abgewendet, zur Burg hinaufgesehen, die den ganzen Umkreis dominierte. Nun trat sie ein wenig zur Seite.

„Du spürst es doch auch, dass dieser Ort und das Schloss eine besondere Atmosphäre haben? Man muss immer wieder hinaufsehen. Jeder wird dir das bestätigen. Es liegt hier etwas in der Luft."

Matthias erkannte seine Frau kaum wieder. Sie offenbarte auf einmal eine Seite, die ihm bisher unbekannt war.

„Vlad Tepes war der Herrscher der Walachai, von 1456 – wenn ich richtig erinnere – bis 1462. Er kämpfte besonders gegen die Osmanen, war berüchtigt und gefürchtet. Weißt du warum?"

Michaela trat einen Schritt näher und blickte ihm voll in die Augen. Sie ließ ein paar Sekunden verstreichen, kam nochmals näher und flüsterte:

„Weil er seine Gegner pfählen ließ, bei lebendigem Leib! Dafür reichten kleine Vergehen. Er war furchtbar grausam. Auf diese Art konnte es Stunden oder sogar Tage dauern, bis seine Opfer starben. Manche schreiben, dass er zwei Monate hier war, dann floh und vom ungarischen König getötet wurde. Ich glaube, er war länger hier, *viel* länger!"

Sie ergriff seine Hand.

„Hier im Hof gibt es einen Zugang zu einem verborgenen Tunnel. Der Zugang ist von einem Brunnen verdeckt. Der

Tunnel geht 50 Meter in die Tiefe. Ich bin mir sicher, dass Vlad ihn öfter benutzt hat.

Eine Freundin in Rumänien hat mir einmal erzählt, dass sie das Schloss besucht hat. Der Geist des Pfählers wird öfter gesehen. Er geht in den Zimmern umher, in denen er früher gewohnt hat. Viele Leute können das bezeugen. Einige haben versucht, Fotos davon zu machen. Man sieht seltsame Lichter, wie Nebel."

Ihr Mann verzog in Gedanken das Gesicht. «Sie ist von Sinnen. Das muss die Atmosphäre hier sein, die vielen Leute, die an solche Geschichten glauben, das überträgt sich.» Plötzlich ließ sie seine Hand los und schaute ihn grimmig an.

„Du glaubst mir nicht! Meinst du, das habe ich nicht in deinem Gesicht gesehen? Lies erst einmal das Buch von Bram Stoker, dann reden wir weiter! Dabei hast du selbst schon mehrmals das Bild von Vlad Tepes angeschaut. Gib zu, dass es dich irgendwie fasziniert."

Ihr Mann fühlte sich ertappt.

«Es stimmt, ich habe tatsächlich mehrmals zu seinem Bild hingesehen. Eben weil er so grauenhaft aussieht.»

„Viele Leute hier glauben an Geister, «strigoi» genannt. Die Geister der Toten verlassen nachts ihr Grab, bewegen sich zwischen den Lebenden, sie greifen sie an, während sie schlafen und saugen ihr Blut"

„Michaela, meinst du nicht, wir sollten jetzt ein Zimmer suchen?"

Sie merkte nun selbst, dass sie etwas die Kontrolle verloren hatte.

„Ist dir unheimlich geworden, wie? Gut, gehen wir Zimmer suchen."

Kapitel 5: Ist dir unheimlich, wie?

Bevor sie weitergingen, sah ihr Mann noch einmal in die Weite. Was für eine Landschaft dachte er im Anblick der Berge. Er wollte gerade weitergehen, als sein Blick erneut von der Burg angezogen wurde.

«Was für ein eigentümlicher, verwinkelter Bau, was für Türme und spitze Dächer. Wie mächtig die Mauern sind, wie klein diese Fenster. Und da soll dieser Vlad einige Zeit gelebt haben?»

Er rief sich zur Raison und versuchte diese Gedanken abzuschütteln. Doch er konnte sich vom Anblick der Burg nicht leicht lösen. Was noch seltsamer war: Ihm schien, als höre er eine merkwürdige, unheimlich suggestive Musik, die sich von der Burg aus bis tief ins Tal ausbreitete und ihn in Gedanken versinken ließ:

«Das bildest du dir jetzt ein. Die Musik muss ich einmal in einem Film gehört haben. Lass dich bloß nicht von ihr anstecken. Aber er sieht schon unheimlich aus, dieser Vlad...Diese pechschwarzen, tief liegenden Augen, der Schnurrbart, das schwarze Haar, die merkwürdige Kopfbedeckung. Also, bei so jemand möchte ich heute nicht übernachten…»

Er versuchte, innerlich über sich zu lachen und merkte, dass dies misslang.

„Du, weißt du was?" fiel Michaela plötzlich ein, „es ist noch früh am Tag. Ich glaube, wir sollten erst einmal das Schloss besichtigen. Nachher haben wir immer noch genug Zeit, um Zimmer zu suchen. Bestimmt fahren einige Tagesbesucher auch wieder weg. Im schlimmsten Fall können wir immer noch Bus oder Taxi nehmen und in andere Ort fahren. Das Schloss hat jetzt geöffnet. Siehst du die Leute, die den Aufgang hochgehen?"

«Eine gute Idee, dann haben wir es hinter uns, finden danach vielleicht kein Zimmer mehr und können in eine vernünftige Stadt fahren. Obwohl, will ich eigentlich heute schon von hier wegfahren?»

Matthias sah auf und bemerkte, dass Michaela bereits vorausgegangen war.

Ein leichter Wind kam auf, als Matthias mit ihr auf gleicher Höhe war. «Castel» las er unterwegs. Das muss «Schloss» heißen. Er betrachtete Pflastersteine und sah hinauf, wo eine Schar von Menschen dem Schloss zustrebte. Links und rechts des Weges ragten grüne Sträucher auf, als stünden sie Wache. Zu beiden Seiten breiteten sich Rasenflächen aus. Ein frischer Geruch, wie nach einem Gewitter, lag in der Luft.

Er warf einen Blick hinab, in die Tiefe der Schlucht und in die Weite der von Bäumen dicht bestandenen Berghänge. Zu rechter Hand erkannte er ein Haus, dessen Dach mit Moos bedeckt war. Während er vorhin noch vor den Verkaufsständen ein reges Stimmengewirr vernommen hatte, war es nun deutlich stiller geworden. Es war, als seien die meisten Leute in Gedanken, in Erwartung dessen, was sie oben, am Ziel ihres Weges und vielleicht ihrer ganzen Reise, antreffen würden. Auch Michaela war auf einmal ganz still. Sie ging wieder voraus. Fast schien es Matthias, dass sie ihn für einige Zeit vergessen habe.

„Michaela?"

Sie gab keine Antwort.

„Michaela?"

Sie drehte sich um und sah ihn aus großen Augen verwundert an. Er trat einen Schritt näher.

„Ich bin auch noch hier. Woran denkst du?"

„War ich in Gedanken gerade. Habe ich überlegt, was für ein Gefühl es sein muss, dort oben zu übernachten."

„Also, für mich wäre das nichts, allein schon der Fußweg. Die könnten hier mal eine Seilbahn hochziehen."

Er überschlug in Gedanken die Kosten für Material und Arbeit, die Statik und andere technische Details.

„Kann man dort überhaupt übernachten?"

„Ja, ist aber teuer! Weißt du, wie heißt «Schloss» auf Rumänisch: Castelul."

Ihre Gedanken kehrten zu Jonathan Harker und seiner Reise nach Transsilvanien, zu Graf Dracula, zurück.

«Er durfte ja im Schloss bestimmte Räume nicht betreten…Ob das immer noch so ist?»

Sie stellte sich vor, wie es wäre, wenn sie mit ihrem Mann eine Übernachtung im Schloss buchen würde…

«Vielleicht käme dann auch eine Angestellte und würde uns zuraunen: In diesen Raum dürfen Sie nicht!»

„Wie, sagtest du, hieß dieser Mann mit dem strengen Gesicht?"

„Siehst du?! Er geht dir nicht aus dem Kopf. Glaube mir, wird dir *nie mehr* aus Kopf gehen: Vlad Tepes. Musst du *so* aussprechen: Tschepesch."

Eine kleine Gruppe zog wortlos an ihnen vorbei. Die Leute hielten sich am Geländer fest und schauten starr in die Höhe.

„Gleich sind wir oben. Ganz schön steil."

Sein Blick ging unwillkürlich wieder zum Schloss. «Seltsam, wie dieses spitze, kleine Dach dem mächtigen Turm aufsitzt.»

„War hier strategisch wichtige Pass in Walachei, auch sehr wichtig für Handel. War Grenze zwischen Osmanische Reich und Königreich Österreich-Ungarn. Hier hat Königin Maria gewohnt, letzte rumänische Königin. Habe ich gelesen vor unsere Reise.‟

Schloss Bran ragte hoch über ihnen auf. Matthias betrachtete den wild zerklüfteten Felsen, in den das imposante Bauwerk eingebettet war.

«Was für eine Leistung, hier solch ein Gebäude hochzuziehen…Und dies ohne die heutigen Maschinen.»

Sein Blick stieg empor: Über den Felsen, die Fassade entlang, an den Fenstern vorbei, bis zu den Erkern. Ein merkwürdiges Kreuz tauchte auf, das von seltsamen Symbolen überzogen war.

Doch Michaela zog ihn weiter. Nun stiegen sie verwitterte und abgetretene Steinstufen empor. Matthias fiel auf, dass die Mauern ungleich waren. Zu linker Hand aus glattem Stein, rechts aus Pflastersteinen. Ein gewölbtes Eingangstor stand halb offen.

Hier muss er angekommen sein, dachte Michaela, Jonathan Harker, in jener Nacht...Sicher schien der Mond und fern, in einem Gehöft, heulten Hunde...

Kapitel 6: Das kann nicht dein Ernst sein!

Wo habe ich diese spitzen Türme schon mal gesehen, fragte sich Matthias, als sie im Burghof standen. Zwei Frauen boten gestrickte Pullover an.

„Siehst du den Brunnen? Ist tief."

Michaela hielt ihre Augen weit geöffnet. Zwei Männer passierten Matthias. Er hörte, wie sie miteinander Englisch sprachen.

„Vlad, the Impaler, was extremely evil, a son of the devil! It's scary even to think about."

„You can still feel it, it's in the air."

«Von hier schicke ich besser keine Urlaubskarte an Leute in meiner Firma.»

„Deine Frau denkt an alles. Habe ich vor unsere Reise Plan von Schloss ausgedruckt. Schau mal."

Er trat hinzu und las:

Erdgeschoss: Zimmer der Wachleute, Kapelle des Prinzen Mircea, Innenhof, Brunnen.

Erster Stock: Halle, Schlafzimmer von Königin Maria, Durchgangsraum, Gotisches Zimmer – Gelber Salon, Großer Salon, Geheime Treppen.

Zweiter *Stock*: Durchgangsraum, Biedermeier Salon, Schlafzimmer von König Ferdinand, Esszimmer, Kostümzimmer, Durchgangsraum, Innerer Gang, Grünes Schlafzimmer, Vorführhalle.

Dritter Stock: Musiksalon und Bücherei von Königin Maria, Wartezimmer für den Musiksalon, Loggia.

Vierter Stock: Schlafzimmer von Prinz Nichola, Zugang zum Ostturm, Haupttreppe, Terrasse von Schloss Bran.

„Will ich bei uns zuhause jetzt auch ein «Gotisches Zimmer», ein «Kostümzimmer» und «Musiksalon!» Eine «Loggia» wäre auch schön. Nur «Wachleute» brauche ich nicht. Baust du mir?"

Langsam geht mit ihr die Fantasie durch. Ihr Mann verdrehte die Augen.

„Komm, lass uns eintreten."

Schön gekalkt, die Wände, dachte Matthias, während er einen fachmännischen Blick auf die Bausubstanz warf.

Michaela war nun ganz in ihrem Element. Sie eilte von Raum zu Raum, bestaunte kunstvoll verzierte Möbel, herrliche Kachelöfen und ein Portrait einer Prinzessin an der Wand. Wenn Matthias nicht aufpasste, war sie plötzlich enteilt, und er musste sie im Nebenraum oder eine Treppe höher suchen.

«Was ist mir ihr los, sie ist ja wie entfesselt.»

Besonders ein Bett aus dunklem Holz, dessen Bettpfosten kunstvolle Schnitzarbeiten aufwies, hatte es ihr angetan.

„Sieh nur, die Holzbalken an der Decke, die kostbare kleine Kommode und da drüben, im Nebenzimmer, der Kachelofen."

Er hatte Mühe ihr zu folgen. Während er zahlreichen Besuchern auswich, sich bald hier, bald da um eine Ecke drückte, war sie schon wieder woanders. Sie huschte nur so von einem Raum zum anderen und über die Treppenstufen. Dabei machte sie ihn auf Möbel und Teppiche, auf Ornamente und Schnitzereien, auf Fenster und Kacheln aufmerksam.

„Halt, nicht so schnell!"

Von oben hatte man freien Ausblick in den Hof, auf rote Ziegel und Fachwerk, gekalkte Wände und Erker, während im Hintergrund bewaldeter Gebirgshang hervorschaute.

«Die Wand da drüben könnte an ein paar Stellen allerdings einmal mit Farbe überstrichen werden.»

Gegenüber stemmte sich ein Mann mit beiden Händen fest auf die Balustrade.

«Wie lange, sagte sie, soll dieser Vlad hier gehaust haben?»

Was für ein kostbarer Wandschrank, sinnierte Michaela, während sie ihren Blick über das dunkle Holz und kunstvolle Arabesken gleiten ließ. Und der Tisch hier, die Stühle...Hätte ich auch gerne in meine Küche zuhause. Die Dekorationen ließ Königin Maria anbringen. Wo ist mein Mann? Er hatte sie eingeholt.

„Sollen wir durch Geheimgang gehen? Musst du dich bücken, ist eng. Oder hast du Platzangst?"

Er folgte ihr und zog im Voraus den Kopf ein.

«Langsam reicht es mir, hoffentlich ist er nicht endlos lang.»

Der geheime Durchgang war enger als er dachte. Michaela hielt sich am Geländer fest. Der Raum war nur notdürftig erhellt. Vorsichtig nahmen sie Stufe um Stufe. Matthias tat vom ständigen Bücken langsam der Rücken weh. Da schrie Michaela auf einmal hell auf. Sie fuhr sich mit einer Hand über das Gesicht.

„Ist plötzlich etwas an mir vorbeigeflogen und hat mich gestreift! Das war bestimmt eine Fledermaus!"

Er näherte sich und nahm ihre Wange in Augenschein.

„Ich sehe nichts, keine Spur."

„Siehst du nichts, weil ist dunkel. Hat nicht gebissen, aber habe ich Flügel gespürt! Es war ein furchtbares Gefühl! Hoffentlich kommt sie nicht heute Nacht noch einmal, wenn ich in Bett bin. Manche sagen, es kann sein, dass Fledermäuse in Wirklichkeit Vampire sind und"

„Michaela! Das *kann nicht* dein Ernst sein!"

„Warte nur, bis dich auch eine Fledermaus streift!"

Der Geheimgang führte in einen großen Salon.

„Ist viel größer als unsere Wohnzimmer", sagte Michaela. Während sie die Möbel, ein Schmuckstück von einem Wandschrank mit vielen Schubladen, Lampen und eine Ikone bestaunte – „sieh mal, hier ist Klingel, um Diener zu rufen!" – wurde sein Blick in eine andere Richtung gelenkt:

Da war er wieder, jener Mann, der ihm gleich aufgefallen war. Er trat näher. Michaela folgte ihm.

«Arbore Genealogic» las er.

„Heißt «Stammbaum»", übersetzte seine Frau.

Er betrachtete das Bild von Vlad Tepes, dem Pfähler. Für einen Moment war ihm, als sei dieser ihm seit seiner Ankunft gefolgt. Was für ein Unsinn, sagte er in Gedanken zu sich selbst.

Doch er konnte seinen Blick nicht von ihm lösen:

«Was für ein Zug um den Mund und diese Augenpartie...»

Im Hintergrund hörte er einen Touristenführer sich über das Mobiliar und Kronschmuck aus dem 19. Jahrhundert ergehen, der einem Erzherzog von Habsburg gehört habe. Doch dessen Erklärungen rauschten an Matthias vorbei.

«Wie lange soll er hier gelebt haben?» Nun erinnerte er sich wieder deutlich an ihre Worte: «Manche schreiben, dass er zwei Monate hier war, dann floh und vom ungarischen König getötet wurde. Oh, nein, er war länger hier, viel länger...»

Michaela betrachtete eine Ritterrüstung, kostbaren Schmuck, ein königliches Kleid, sie bestaunte Teppiche, Kerzenleuchter und Kamine. An einer Wand hingen Waffen der damaligen Zeit. Matthias entdeckte ein kleines Fenster und blickte hinaus.

«Bin gespannt, ob wir nachher noch ein Zimmer finden. Hoffentlich. Ich habe keine Lust heute noch woanders hinzufahren.»

Auf einmal hielt er inne. «Was habe ich da gerade gedacht? Keine Lust woanders hin zu fahren? Warum nicht?» Michaela flüsterte ihm zu:

„Dracul heißt «Drachen» oder «Teufel». Der Drachen ist auch das Wappentier. Hast du vielleicht schon gesehen. Vlad wurde schon früh in den «Drachenorden» aufgenommen.“

Sie traten an den Aussichtsbalkon und blickten in die Weite. Michaela legte ihre Hand auf seine. Dann raunte sie ihm ins Ohr:

„Stell dir vor, sein Bruder wurde lebendig begraben! Er musste vorher noch sein Grab schaufeln und sich selbst die Totenrede halten. Dann wurde er in einen Sarg gesteckt, und der Sarg wurde zugenagelt. Wie schrecklich!“

Matthias öffnete einen Knopf seines Hemdes.

„Vielleicht sollten wir bald gehen? Wir müssen ja noch ein Zimmer suchen."

„Ich dachte, du fährst lieber in andere Stadt?"

„Mir ist es gleich, ich meine, von mir aus können wir heute Nacht ruhig in Bran bleiben. Nach der Besichtigung und Zimmersuche sind wir bestimmt müde."

„Merke ich schon, du willst hier gar nicht so schnell wieder weg!"

Sie lächelte. Er kam nicht dazu zu protestieren, da sie schon weitergegangen war.

Kapitel 7: Da braut sich etwas zusammen…

Als sie den Schlosshof verließen und sich auf den Weg begaben, der wieder bergab, ins Stadtzentrum führte, war Matthias merkwürdig still.

„Was ist mit dir, sagst du nichts?"

„Ich habe gerade daran gedacht, dass unsere Koffer ja noch bei dieser Frau stehen."

Er blieb stehen, drehte sich um und blickte noch einmal in die Höhe. Wieder erklang in seiner Erinnerung jene seltsam suggestive Musik.

«Die muss ich in irgendeinem Film gehört haben, aber in welchem?»

Michaela ergriff seine Hand.

„Fasziniert dir Schloss, gib es zu!"

„Nun, ich muss sagen, dass, es hat schon, also, ich meine, rein von der Bauweise her"

Er verhaspelte sich und wusste nicht mehr weiter.

„Wenn du viel Geld hättest, würdest du mir Schloss kaufen und wir ziehen hierher?"

Matthias sah sie an und fragte sich für einen Moment, ob dies ihr Ernst war.

„Da würde meine Firma nicht mitmachen. Jeden Tag pendeln, das ist zu weit."

„Schade", seufzte Michaela, „mir würde es gefallen, in so einen Ort zu leben. Ich hätte Diener, die Essen auftragen, bei Kerzenlicht. Und wenn ich muss nachts raus, wer weiß, vielleicht treffe ich unterwegs auf Geist von Vlad und schreie so laut, dass alle aufwachen."

Matthias wurde es langsam zu bunt. Seit Michaela in Rumänien war, erkannte er sie kaum noch wieder. Er wies nach links.

„Hier, sieh mal, wie herrlich: Der Berghang und unten die Schlucht."

„Fotografierst du das Schloss? Kannst du in deiner Firma zeigen."

„Stelle dich am besten da drüben hin."

Michaela brachte sich in Positur, ihr Mann ging in die Knie und drückte auf den Auslöser. Dann ging er ihr entgegen, ergriff erneut ihre Hand, und sie machten sich wieder auf den Rückweg.

Sieh mal, die Wolkenfront...

Die Besitzerin der Pension, bei der sie zuvor die Koffer abgestellt hatten, lächelte und wies auf den Nebenraum. Matthias folgte ihr, griff in seine Sakkotasche und steckte ihr einen Schein zu. Sie ließ ihn schnell verschwinden und bedankte sich.

„Und jetzt?" fragte Matthias, als sie mit ihrem Gepäck wieder auf der Straße waren. Er blickte zum Himmel, an dem vermehrt graue bis dunkle Wolken zu sehen waren. Nun war in der Ferne ein Donnern zu hören. Er streckte die Hand aus und spürte ein paar Regentropfen. In Sichtweite zog ein alter Mann an einem der Souvenirläden vorsorglich eine Plastikabdeckung über seine Ware.

„Da braut sich langsam etwas zusammen", meinte er mit Meteorologen-Blick.

„Sieh mal, die Wolkenfront da oben."

Nun hörte er es nochmals donnern, leise zwar, aber diesmal etwas länger als zuvor. Ein Schwarm Vögel flog auf und zog davon. An einem Stand bot eine Frau Stockschirme an, die sie werbend hin- und herschwenkte. Michaela zog etwas hilflos die Stirn in die Höhe.

„Warte mal, ich frage an dem Stand da drüben. Vielleicht kennen die jemand, der eine Pension hat."

Er sah ihr nach, wie sie sich dem Stand einer Frau näherte. Diese witterte ein Geschäft und wies mit ihrem Finger in die Runde ihres Angebotes. Dann entspann sich ein längerer Wortwechsel. Michaela kehrte zurück. Ihre Miene verhieß nichts Gutes.

„Das war umsonst. Versuchen wir es in dieser Richtung."

„Meinst du, ich sollte vielleicht die Schirme aus den Koffern holen?"

Er blickte skeptisch nach oben. Wolken zogen sich bedrohlich zusammen.

„Nein, lass mal. Lohnt sich nicht. Suchen wir schnell ein Zimmer."

Er packte die Koffer, etwas missmutig, und stapfte voran. Nach einigen Metern entdeckte Michaela ein Schild.

„Warte, ich frage."

Er stellte die Koffer wieder ab und wurde langsam ungeduldig. Nach wenigen Minuten kam sie zurück.

„Sie sagt, sie hat Platz, aber ich habe gesehen, Zimmer sind schon voll belegt. Denkt sie, schlafen wir in Küche oder was?"

Sie setzte einen Schmollmund auf, als es erneut donnerte. Nun begann es leicht zu regnen. Matthias blickte zum Himmel. Ein Blitz zuckte auf. Er drehte sich um und sah, wie Michaela mit einem Mann sprach. Es dauerte nicht lange, und sie kehrte zu ihm zurück. Sie schlug die Augen nieder.

„Ich dachte, es wäre ein Einheimischer."

„Da vorne ist eine Bank. Setzen wir uns kurz und überlegen, was wir machen."

„Willst du hier mit dem Koffer warten? Ich kann alleine eine Pension suchen, ist sonst zu schwer für dich."

Matthias hörte Schritte. Er drehte sich um und erkannte einen Herrn, der sofort seine Aufmerksamkeit erregte. Der Mann trat näher, zog einen Hut, verbeugte sich leicht.

„Entschuldigen Sie, dass ich Sie einfach so anspreche, aber ich habe vorhin schon gehört, wie sie Deutsch sprachen. Da konnte ich nicht widerstehen."

Der Mann hatte etwas stockend gesprochen, seine Stimme klang melodisch.

„Ich war vorhin an einem der Verkaufsstände und hörte, dass sie eine Pension suchen. Meine Familie wohnte früher in Sibiu, auf Deutsch Hermannstadt. Da habe ich ihre Sprache gelernt. Leider habe ich selten Gelegenheit, Deutsch zu sprechen. Es ist mir immer eine Freude. "

Er war einen Schritt zurückgewichen und hielt seinen Hut in den Händen. Nun fuhr er sich mit einer Hand über die schmale und hohe Stirn. Der Ausdruck seiner Augen wechselte. Bald wirkte er offen, bald etwas scheu. Michaela wollte gerade etwas sagen, doch der Unbekannte fuhr fort.

„Es wäre mir eine Freude, wirklich eine große Freude, wenn ich mit Ihnen etwas Deutsch sprechen könnte."

Sonst noch einen Wunsch? dachte Mattias.

„Ich möchte Sie einladen, heute Abend und für diese Nacht meine Gäste zu sein. Ich wohne nicht weit von hier. Es wird nämlich gleich stark regnen."

Jetzt spielt er auch noch den Wetterkundigen, dachte Matthias, in dem eine Abneigung aufkam.

„Sie haben eine Pension?" fragte Michaela. Sie betrachtete das Gesicht des Mannes und wurde sich über ihren Eindruck nicht klar.

«Er ist dürr. Wie tief seine Augen liegen. Woran erinnert dich sein Gesicht? Diese lange Nase, dieser seltsame Zug um den Mund, die starke Kinnpartie und diese kuriose Frisur. Er hat eine «Pension»! Ist etwas seltsam angezogen.»

Sie ließ ihren Blick über seine langen Rockschöße gleiten.

„Ja, ja", antwortete der Herr mit raunender Stimme, „eine «Pension», so kann man es, wenn man will, nennen."

Matthias stutzte. Was soll das? Spielt er jetzt den Geheimniskrämer?

„Sie sprechen gut Deutsch", sagte Michaela. Der Mann fuhr eine Hand aus und wiegelte bescheiden ab.

„Nein, nein, der Eindruck täuscht. Sehr liebenswürdig."

Er hatte die Augen etwas niedergeschlagen. Matthias wurde zusehends ungeduldig.

Er schaute nach oben, der Mann bemerkte es.

„Sie haben sicher Schirme dabei. Die werden wir brauchen."

Wie bitte, dachte Matthias, was heißt hier «wir»? Wieder war Donnern zu hören. Nun war der ganze Berghang von dunklen Wolken überzogen. Der Mann tänzelte ein wenig und setzte plötzlich seinen Hut auf.

„Oh, verzeihen Sie! Ich habe mich ja noch gar nicht vorgestellt!"

Matthias verdrehte die Augen. Dann riss er sich zusammen und war bemüht, sich nichts anmerken zu lassen. Was kommt jetzt? Vielleicht will er uns noch gegen gutes Geld eine Stadttour in der Kutsche anbieten?

„Draculea, gestatten, Nicola Draculea."

Er verbeugte sich wieder leicht. Dann streckte er, zunächst Michaela, eine feingliedrige Hand entgegen. Matthias hätte beinahe aufgelacht. Wie abgeschmackt, wie albern! Das fehlt mir gerade noch. Den werde ich jetzt mal abservieren. Auf einmal sah der Mann Matthias eindringlich an.

„Sie glauben mir nicht?"

Noch bevor Matthias antworten konnte, griff er tief in seine Manteltasche und fischte einen Ausweis heraus.

„Hier, bitte, lesen Sie selbst! Für meinen Namen kann ich nun wirklich nichts."

Michaela kam ihrem Mann zuvor.

„Nicola Draculea" las sie laut. Sie sperrte die Augen auf.

„Darf ich?"

Sie nahm den Ausweis und trat näher zu ihrem Mann. Hier stand es tatsächlich, schwarz auf weiß. Matthias traute seinen Augen nicht. So ein Zufall...Oder heißen hier viele Leute so? Als habe der Unbekannte seine Gedanken erraten, sagte er:

„Sie werden diesen Namen in Rumänien nicht eben häufig finden. Ich bin weitläufig mit *Vlad Tepes* verwandt. Das werde ich Ihnen nachher alles in meinem Stammbaum zeigen. Wenn Sie so wollen, bin ich, vereinfacht gesagt: Graf Draculas Enkel. Natürlich liegen zahlreiche Generationen dazwischen."

Vlad Tepes, der Name war schon wieder gefallen. Was hat er da eben erzählt? Der Ausweis wird gefälscht sein. Oder er heißt so, ist aber nicht mit ihm verwandt. Bestimmt die reinste Geschäftemacherei!

„Oh, ich vergaß zu sagen: Sie wohnen natürlich umsonst bei mir, es ist mir eine Ehre."

Er zog den Hut. Dabei blickte er erst Michaela, dann ihrem Mann, tief ins Gesicht. Er deutete nach oben. Nun war deutlich Regen zu hören.

„Sie wollen doch bei diesem Regen nicht weiter durch die Straßen ziehen und eine Unterkunft suchen? Momentan sind sehr viele Touristen hier. Das dürfte schwer werden. Und wie gesagt: Sie würden mir eine Freude bereiten.

Die deutsche Sprache hat mich schon immer fasziniert. Dieser Klang, diese Tiefe. Und wie viele Wörter es gibt, die einen besonderen Reiz ausüben. Zum Beispiel: «Unheimlich, Schauder, Traurigkeit, Nacht, Nebel, Mond, Düsternis, Grab, Gruft, Zwielicht oder Angst.» Eine Zeitlang habe ich mir ganze Wortlisten aufgeschrieben."

«Was soll diese Effekthascherei? Wenn Michaela nicht dabei wäre, hätte ich ihn längst verabschiedet.»

„Sie werden doch, wegen meines Namens und meiner Verwandtschaft, nicht etwa *Angst* vor mir haben?"

„Nein, nein, natürlich nicht, aber" fiel Matthias ein. Dann geriet er ins Stocken

„Aber? Ich sehe schon, Sie haben keine Einwände. Sehr schön. Folgen Sie mir, hier entlang."

Michaela sah zu ihrem Mann, der resigniert nach den Koffern griff. Das alles kann nicht wahr sein, dachte sie, freudig erregt und leicht beklommen zugleich.

Kapitel 8: Er hat ganz schön lange Finger...

Nach einem kleinen Fußweg erreichten Sie ein Anwesen, das etwas abseits lag.

«Ganz schön baufällig», dachte Matthias, mit gemischten Gefühlen. «Schon etwas aufdringlich, der Mann. Oder wollte er nur helfen? Immerhin können wir ja froh sein, dass wir eine Unterkunft haben. Kostet nichts? Ob das mal nicht eine raffinierte Masche ist. Wir nehmen ihn beim Wort und zahlen nichts.

Draculea, unglaublich. Na, ja, wer weiß, was das bedeutet. Hat mit diesem «Vlad Tepes» bestimmt nichts zu tun. Am Ende will er vielleicht doch ein Geschäft machen.»

Er merkte, wie seine Gedanken durcheinandergerieten.

«Das muss die Anstrengung von der Reise sein, die andere Umgebung, der Luftwechsel. Habe ja auch schon eine ganze Weile keinen Urlaub mehr gemacht. Und Hunger habe ich langsam auch.»

Nun donnerte es mehrmals hintereinander und so laut, dass Michaela zusammenzuckte. Es dauerte nicht lange, und es kam zu heftigem Wolkenbruch. Der Mann, dessen Ausweis ihn als «Nicola Draculea» auswies, griff tief in seine Manteltasche und fischte einen Schlüssel heraus.

„Wir sind da."

«Er hat ganz schön lange Finger, könnte ein Pianist oder Geigenspieler sein.»

„Darf ich Ihnen einen Koffer abnehmen?"

Seine Hand streifte die von Matthias, der sogleich spürte, wie kalt sie war. «Kein Wunder, bei der Witterung.»

Er übergab ihm einen Koffer und nach und nach betraten alle die Wohnung.

Matthias war aufgefallen, dass außen an der Tür gar kein Klingelschild zu sehen war. Ob das hier so Sitte ist? Er setzte das schwere Gepäck ab und merkte nun erst, wie durchnässt er war.

„Am besten, Sie geben mir gleich Ihre Mäntel. Ich lege sie in die Nähe des Kamins. Nehmen Sie bitte Platz. Ich muss erst Feuer machen."

Er hatte sich kurz auf dem Absatz umgedreht und sie durchdringend angesehen.

„Sie können es sich auch nebenan gemütlich machen. Wie Sie möchten."

Er deutete in den Nebenraum. Michaela hatte ihren Mantel ausgezogen und ihm ausgehändigt. Nun spürte sie, wie kühl es in dem Raum war. Sie sah sich unauffällig um, als sie auf einmal in einem Käfig in einer Ecke des Raumes einen Raben entdeckte. Nicola Draculea bemerkte dies.

„Ein Erbstück von meinen Eltern. Auch deren Eltern hielten sich schon einen Raben. Fragen Sie mich nicht warum. Ich fragte einmal meinen Vater danach. Er wurde damals sehr ärgerlich. Dann habe ich nie mehr gewagt, ihn darauf anzusprechen. Fassen Sie es als eine Tradition auf."

Matthias trat Schritt um Schritt näher. Er begutachtete den Raben und fragte sich, wie dieser es in dem Käfig aushalte. Da hörte er die Stimme Draculeas, dessen Antwort wie ein Echo auf seine unausgesprochene Frage erklang.

„Glauben Sie nun ja nicht, dass ich ihn den ganzen Tag einsperre. Ich lasse ihn tagsüber öfter raus, manchmal auch nachts."

Michaela erschrak. Nachts?

„Natürlich nicht, wenn ich Gäste habe."

Ein merkwürdig klingendes Gelächter erklang, das jedoch bald wieder verstummte. Der Rabe saß bewegungslos.

„Setzen Sie sich bitte. Ich bin gleich wieder da."

Sie hörten, wie er im Nebenraum verschwand, sich mit etwas zu schaffen machte.

Nach einiger Zeit knisterte es. Er musste Holz entzündet haben. Michaela blickte nach oben an die Decke und betrachtete einen Kristallleuchter. Es brannte jedoch kein Licht. Vielmehr war er vereinzelt mit Spinnweben überzogen. Dann wurde ihre Aufmerksamkeit von einem Bücherschrank erregt. Sie stand vorsichtig auf und schlich näher. Als sie vor den Büchern stand, tauchte ihr Gastgeber, dessen Schritte sie nicht gehört hatte, plötzlich neben ihr auf und fixierte sie.

„Sehen Sie sich ruhig die Bücher an. Ich habe noch viel mehr, darunter einige Raritäten. Ich dachte mir gleich, dass Sie gerne lesen und einen Sinn für geheimnisvolle Dinge haben."

Ihr Mann wurde langsam ärgerlich. Was soll das? Will er jetzt den «Menschenkenner» herauskehren?

„Während *Sie* natürlich eher zu der Auffassung neigen, dass sich alles erklären und in Begriffe fassen lässt."

Matthias stutzte. Wie bitte? Wie kommt er darauf?

Nicola Draculea war inzwischen in einen langen, schwarzen Hausrock geschlüpft. Michaela trat noch näher und vertiefte sich in die Titel der Bücher, in kunstvoll gebundene Lederbände, verschnörkelte Schriftzüge. Da geriet ein Titel in ihr Blickfeld, der sie aufschrecken ließ: «Dracula, von Bram Stoker». Daneben entdeckte sie die «Aufzeichnungen eines Wahnsinnigen», von Nikolai Gogol. Oh, was für ein Buchtitel...Das muss ich lesen! Da hörte sie eine unverwechselbare Stimme:

„Folgen Sie mir bitte in den Nebenraum."

Draculea ging voran. Michaela fielen seine langen, spitz zulaufenden Schuhe auf. Er schob die Tür zurück. Im Hintergrund krächzte der Rabe.

„Sehen Sie, hier hängt der – wie sagt man im Deutschen?"

„Stammbaum" half Michaela.

„Danke."

«Arbore Genealogic», las Matthias. Der Ausdruck kam ihm bekannt vor.

«Im Schloss, da hing auch einer an der Wand!»

Er trat näher und betrachtete den weit verzweigten, vielfach verästelten Stammbaum, der über viele Generationen zurückreichte und einen beträchtlichen Raum an der Wand einnahm. Es sah aus, als habe jemand über einen langen Zeitraum und mit erlesenem Schreibwerkzeug alles per Hand gestaltet. Nicola Draculea fuhr eine Hand aus. Mit einem seiner langen Finger deutete er nach unten.

„Sehen Sie, hier steht mein Name."

Ein merkwürdiges Lächeln – sprach es von Stolz oder Scheu? – umspielte seine Lippen. Nun bewegte er den Finger von Ast zu Ast, erläuterte Namen seiner Familie, bewegte ihn vor und zurück und flocht hier und da eine Anekdote ein. Michaela blieb der Mund offen.

So ein Stammbaum an der Wand beweist gar nichts, dachte Matthias. Vielleicht hat er ihn selbst angelegt und alles entspringt seiner Fantasie? Er blickte aus einem Augenwinkel zu Draculea, dessen Stimme seltsam monoton klang.

Matthias betrachtete unauffällig seine Gesichtszüge und ließ seinen Blick über die Form seiner Nase, seiner Wangen- und Mundpartie wandern. Während Michaela an Draculeas Lippen hing, betrachtete er dessen Kleidung und Haartracht. Nun erst fiel ihm auf, wie lang seine pechschwarzen Haare waren, die zuvor im Kragen gesteckt haben mussten. Während eine Wanduhr auf einmal die volle Stunde schlug, drehte Draculea sich plötzlich um, neigte sich etwas nach vorn und blickte Matthias durchdringend an.

„Nun, was sagen Sie jetzt? Sie werden mich doch nicht etwa verdächtigen, dass ich den Stammbaum selbst angelegt habe? *Wozu* sollte ich das tun? Ich bekomme sehr selten Besuch."

Ein Anflug von Melancholie schien sich über Draculeas Gesichtszüge zu legen. Seine Stimme war leiser geworden.

Was ist es nur, was mir auffällt, grübelte Matthias, der Draculeas Frage nicht beantwortete. Er überflog Namen des Stammbaums, bis ihr Gastgeber Michaela in ein Gespräch verwickelte. Matthias ließ seine Augen erneut über den Stammbaum wandern, bis ihm am Ende ein Name auffiel, der ihn erstarren ließ: VLAD TEPES.

Er trat näher und überprüfte ihn noch einmal, Buchstabe für Buchstabe. Er hatte richtig gelesen. Dann blickte er verstohlen zu Draculea. Nun wusste er, was ihm aufgefallen war.

Draculea legte Michaela eine Hand auf ihr Handgelenk. Dann drehte er sich um. Matthias fiel auf, dass Draculeas Stirn in die Höhe gezogen war und er ihn aus den Augenwinkeln nahezu argwöhnisch anblickte.

„Ist es Ihnen nun aufgefallen? Sehen Sie jetzt, dass ich IHM ähnlichsehe?"

Michaela verhielt den Atem. Draculeas Gesicht wirkte angespannt. Ihr kam es so vor, als trete nun eine von ihm sicher schon zuvor empfundene, nur mit Mühe gedämpfte Abneigung gegen ihren Mann zum Vorschein.

„Sie haben doch sein Portrait gesehen: Sicher schon, als sie durch Bran schlenderten. Später im Schloss. Es ist ja hier beinahe überall zu sehen. Betrachten Sie mich ruhig, von der Seite und von vorn, ich bin es gewohnt. Ein Gesicht lügt nicht. Sie haben längst erkannt, *wem* ich ähnlichsehe. Ich kann nichts für meine Herkunft."

Nicola Draculea entfernte sich kurz. Dann kam er zurück, öffnete einen alten

Schrank, entnahm ihm ein gerahmtes Ölgemälde und pustete. Staub flog auf.

Kapitel 9: Dieses Portrait von Vlad Tepes ...

Hier, sehen Sie. Dieses Portrait von Vlad Tepes hat ein Verwandter von mir gemalt. Ich denke, es ist nicht ganz so gut wie das Original, aber es kann sich sehen lassen. Er dachte sicher, er würde mir mit dem Bild eine Freude machen. Aber er täuschte sich sehr!"

Wieder war Draculeas Stimme leiser geworden. Er trat einen Schritt nach vorn. Nun flüsterte er, so als könne es in diesem Raum unerwünschte Mithörer geben.

„Wissen Sie, warum ich es nicht mehr an der Wand sehen wollte? Weil ich *mich* darin sehe."

Michaela verhielt den Atem. Matthias konnte sich der Einsicht nicht verschließen, dass Draculea ihm tatsächlich etwas ähnlichsah: Die Kopfform, ebenso die Augen- und Mundpartie. Wenn Draculea lächelte, konnte man es vielleicht für einen Moment übersehen. Aber nun war es offensichtlich.

«Angenommen, dies ist Zufall. Hat er sich dann irgendwoher Vlads Stammbaum besorgt und ihn auf raffinierte Weise erweitert? Aber selbst wenn, *wozu*? Und wie erklärt sich dann der Eintrag in seinem Ausweis? Alles eine raffinierte Fälschung?»

Draculea ließ erneut seinen Blick auf Matthias ruhen.

„Sie sind nicht leicht zu überzeugen, nicht wahr?"

Wieder umspielte ein beinahe gequält wirkendes Lächeln seinen Mund. War es Ironie, war es Hohn?

„Aber ich möchte Sie nicht mit meinem Stammbaum oder meinem berühmten Vorfahren langweilen Sie müssen hungrig sein, kommen Sie."

Er begleitete seine Worte mit einer einladenden Geste.

Während erneut das Krächzen des Raben zu hören war, ging Draculea, etwas gebeugt, voraus.

Matthias war erstaunt, wie weiträumig das Haus war. Von außen hatte er gar nicht diesen Eindruck gewonnen. Sie gingen durch einen schmalen, dunklen Gang. Draculea spreizte die langen Finger einer Hand und stieß eine Tür auf.

„Sie werden sich vielleicht fragen, ob ich hier alleine lebe, in diesem doch recht großen Haus."

Er ließ seinen Gästen den Vortritt. Michaela erkannte in einer Ecke des großflächigen Raumes ein altes Klavier.

„Nun, Sie werden an meinem Stammbaum vielleicht gesehen haben, dass neben mir noch der Name einer Frau stand."

Draculea blieb plötzlich stehen. Durch ein gekipptes Fenster war nun deutlich das Geräusch strömenden Regens zu hören.

„Meine Frau hat – sollte ich *leider* sagen? – vor vielen Jahren das Zeitliche gesegnet. Ein schöner Ausdruck, nicht wahr? Das Zeitliche *segnen*. Nun, ob es ein Segen war, dies lasse ich jetzt einmal dahingestellt."

Draculea bewegte sich auf dem Absatz zur Seite und blickte Michaela tief in die Augen.

„Sie werden sich fragen: Woran ist sie denn gestorben?"

Michaela erschrak, war diese Frage doch in ihr aufgetaucht. Draculea schien nun in Gedanken versunken.

„Ja, woran wohl? Vielleicht am Ende einfach am Tod?"

Es schien, als habe er für einen Augenblick seine Besucher vergessen, als hänge er Gedanken und Erinnerungen nach. Helle Blitze zuckten in der Ferne auf, während Regen gegen die Fensterläden schlug. Draculea hörte dies, schloss ein Fenster und bat in den Nebenraum.

„Später zeige ich Ihnen die Gästezimmer, im oberen Stockwerk. Bitte, nehmen Sie Platz."

Er schob mühsam zwei kunstvoll geschnitzte, dunkle Holzstühle mit langer Rückenlehne an den Tisch.

„Ich verschwinde kurz in der Küche und bereite das Abendessen zu. Sie werden hungrig sein. Warten Sie."

Er suchte Streichhölzer und fand sie. Dann schob er einen Kerzenleuchter in die Mitte des Tisches und entzündete eine Kerze nach der anderen.

Matthias fiel auf, wie dürr sein Arm war, der nun kurz aus dem Ärmel seines Hausrocks hervorragte. Geruch von Wachs lag in der Luft. Draculea blies ein Streichholz aus. Rauch stieg auf und verteilte sich im Raum.

„Ich hoffe, so ist es Ihnen nicht zu dunkel? Ich habe nämlich kein elektrisches Licht."

Er sah sie fragend an.

„Nein, nein", fiel Michaela ein, der die Vorstellung, bei Kerzenlicht zu essen, sogleich gefiel.

Wie romantisch. Jetzt fehlt nur noch, dass jemand während des Essens im Hintergrund dezent Klavier spielt. Aber wer? Hier wohnt ja niemand mehr.

Sie setzten sich und hörten das Geräusch der Schritte von Draculea.

«Da sind wir in einer schönen «Pension» gelandet», dachte Matthias. «Wenn sie mir die Reiseplanung anvertraut hätte, wären wir jetzt in einem gemütlichen Hotel.»

Es donnerte laut, der Regen nahm an Stärke zu.

«Vlad Tepes, am Ende will er dafür bestimmt eine Spende. Eigentlich eine originelle Inszenierung.»

Matthias gab sich Mühe, seinen Unmut zu verbergen. Schließlich waren sie nun in Rumänien, der Heimat seiner lieben Frau.

«Warum sagt Michaela nichts?»

Er betrachtete sie von der Seite, während erneut Unmut in ihm aufstieg.

«Verflixt noch mal, wie dunkel es hier ist! Er könnte wenigsten alle Läden zurückklappen.»

Schatten lag über dem Gesicht seiner Frau, ihre Wangen schienen vom Kerzenlicht erleuchtet.

«Woran denkt sie? Sie sieht aus, als wäre sie weit weg.»

Kapitel 10: In der Ferne heulten Hunde...

Ich muss nochmals nachlesen, sinnierte Michaela, wie es ihm am ersten Abend erging, diesem Jonathan Harker. Wie er sich gefühlt haben muss, als ihm Gerüchte zu Ohren kamen, als er ankam in diesem Ort und hoch hinauf sah zum Schloss...

Oh, der Mond wird geschienen haben, in der Ferne heulten Hunde in einem verlassenen Gehöft, und oben wartete er schon: ER, Dracula, der Sohn des Drachens oder des Teufels und linste hinaus in die Ferne.

Sicher hat er schon das Geräusch der Kutsche gehört und sich vorbereitet, längst auf ihn gewartet. Und dann stand er oben und schaute hinaus: Nichts entging seinem Blick...

Sie schrie hell auf und zuckte zusammen. Draculea war beinahe lautlos zurückgekehrt und hatte mit den Fingerspitzen seiner kalten Hand ihre Schulter berührt.

„Oh, verzeihen Sie, ich wollte Sie nicht erschrecken."

Sie bewegte langsam ihr Gesicht zur Seite und blickte scheu nach oben. Licht und Schatten schienen abwechselnd über Draculeas Wangen zu wandern. Er war etwas nach vorn gebeugt und Matthias fiel auf, dass er nun einen Arm auf dem Rücken verschränkt hielt, gerade so, wie ein Kellner.

«Sicher Teil des Programms. Am Ende wird er versuchen, uns dafür abzukassieren. Aber nicht mit mir! Er sagte, wir übernachten umsonst. Ich hätte es mir schriftlich geben lassen sollen.»

„Ich wollte nur fragen, was Sie trinken möchten?"

Nun drehte er sein Gesicht zur Seite und blickte auch Matthias fragend an. Draculea kam ihm zuvor.

„Vielleicht ein Glas Wein?"

„Gerne", bemerkte Michaela etwas vorlaut. Ihr Mann stimmte zu.

„Wenn es Ihnen zu dunkel ist, sagen Sie es bitte. Ich kann noch ein paar Kerzen entzünden. Sie werden sich gewundert haben, warum es in meinem Haus kein elektrisches Licht gibt."

Er hob eine Hand und zeigte mit seinen langen Fingern auf seine Augen.

„Kerzenlicht vertrage ich einfach besser. Meine Augen sind sehr empfindlich, wissen Sie. Wenn es dunkel ist, werden meine Nerven nicht so gereizt und ich entspanne mich. Nachts geht es mir deshalb am besten."

«Das kann lustig werden», dachte Matthias, der nun am liebsten wieder gegangen wäre.

«Und was ist, wenn ich nachts mal raus muss? Soll ich vielleicht durch die Dunkelheit tappen, die Treppe hinabstürzen und mir das Genick brechen?»

„Aber keine Sorge, ich zeige Ihnen, wie Sie sich in der Nacht leicht orientieren können."

Er schlich zurück in die Küche.

Michaela sah ihm nach und konnte es kaum fassen. Bei einem echten Nachfahren von *Vlad Tepes* zu übernachten…

Sie spürte, wie aufgeregt sie insgeheim war. «Und dann sagte der Graf ihm, dass er manche Räume auf keinen Fall betreten durfte...Der arme Jonathan Harker...Wie muss er sich gefühlt haben...Wer weiß, vielleicht sagt Draculea zu uns auch noch, dass»

„Michaela, warum bist du so still?"

Sie sah sich um.

„Wie?"

„Ich fragte, warum du so still bist. Bist du müde?"

Sie sah ihn zerstreut an und wendete ihren Blick gleich wieder ab.

„Nein, nein, ich bin nicht müde. Du?"

Sie hörten, wie ihr Gastgeber in der Küche hantierte. Matthias stemmte seine Arme in die Hüften.

«Bin gespannt, was er auftischen wird. Am Ende präsentiert er uns vielleicht eine Rechnung und behauptet, wir hätten alles bestellt.»

Nun hörte er, wie eine Flamme aufzischte und Rauch aus der Küche drang. Dann zischte es erneut und man hörte Geklapper, vermutlich einer Pfanne. Matthias zog die Stirn in die Höhe. In Gedanken setzte er sich – bei elektrischem Licht – an den Tisch eines gepflegten Mittelklassehotels und ließ sich das Abendessen servieren.

Wie alt wird er sein, sinnierte Michaela.

Was für ein Gefühl das sein muss, ein direkter Nachfahre von Vlad, dem Pfähler, zu sein. Dem «Pfähler»...

Ich darf gar nicht daran denken, dass er in aller Ruhe mit Gästen am Tisch saß, während vor ihm im Umkreis seine Opfer gepfählt...Oh, nein, ich stelle mir das gar nicht erst vor, und wie er dann sein Brot in das Blut eines...

Sie hörte Schritte und sah auf. Draculea trug ein großes Tablett vor sich her. Als er es auf dem Holztisch, in Nähe des großen Kerzenleuchters, abstellte, erkannten sie Brot und Käse, Schinken und Weintrauben.

„Das ist noch nicht alles. Ich komme gleich noch einmal.“

„Soll ich mitkommen und helfen?“

Er drehte sich sogleich auf dem Absatz um und sah sie an. Sein Gesichtsausdruck hatte sich, so gut sie das bei Kerzenlicht erkennen konnte, eindrucksvoll verändert.

„Mitkommen? Nein, auf *keinen* Fall! In die Küche darf niemand außer mir!"

Er drehte sich wieder um und schlich weiter.

«Oh, das kann nicht wahr sein», dachte Michaela. «Genau wie in Brokers Roman, ein verbotener Raum! Verboten...Warum?»

Matthias schüttelte den Kopf.

«Was sind das hier für Sitten? Sie will helfen und wird abgeschmettert. Vermutlich will er nicht, dass sie sieht, was für ein Chaos er in der Küche anrichtet. Hoffentlich schmeckt es überhaupt...»

Seine Gedanken kehrten zu dem Gemälde zurück.

«Aber es ist erstaunlich: Er sieht ihm ähnlich...»

Kapitel 11: Auf eine gute Nachtruhe!

So, meine lieben Gäste. Hier kommt der Wein."

Nicola Draculea trug eine mit Wein gefüllte Karaffe, in der anderen Hand Gläser. Er stellte alles ab, dachte kurz nach und verschwand nochmals. Dann kehrte er mit einer großen Platte zurück, die mit gedünstetem Gemüse gefüllt war.

„Wir essen das hier gerne mit Brot. Wenn es nicht schmeckt, sagen Sie es ruhig. Ich kann auch andere Speisen zubereiten."

Michaela wiegelte höflich ab – „schmeckt bestimmt" – Draculea näherte die Karaffe den Gläsern.

„Vielen Dank!"

Michaela ließ ihr Glas mit Rotwein füllen. Dann schenkte Draculea auch Matthias ein.

«Wer weiß, ob er nicht irgendetwas in den Wein getan hat», argwöhnte Matthias. Dann schüttelte er über sich den Kopf. «Würde ich gleich merken.»

Er erhob das Glas und ließ das Aroma auf sich wirken.

„So, greifen Sie zu. Fühlen Sie sich ganz wie zu Hause."

Er sah gespannt von einem zum anderen.

«Ganz wie zu Hause?» fragte sich Matthias.« Nein, so könnte ich nicht wohnen. Bei uns sieht es schon anders aus.»

Wieder krächzte der Rabe, so als wolle er den Auftakt zum Essen geben.

„Ich bin wirklich froh, dass ich Sie getroffen habe. Sehen Sie: Hier bin ich oft allein. Oh, wenn Sie wüssten *wie einsam* ich bin."

Draculea griff mit seinen langen Fingern nach einem Stück Brot. Michaela schob ihm die Käseplatte zu.

«Immerhin hat er uns ja eingeladen. Ohne ihn wären wir jetzt vielleicht im Regen unterwegs oder warteten noch auf ein Taxi. Oder wir müssten noch hundert Kilometer bis zur nächsten Stadt fahren.» Matthias bemühte sich, einen etwas freundlicheren Ton anzuschlagen.

„Danke für die Einladung und das Abendessen."

Er erhob sein Glas und wollte es zum Mund führen. Draculea fasste es anders auf. Er erhob auch sein Glas und deutete an, mit seinen Gästen anzustoßen.

„Auf Ihr Wohl und im Voraus: Auf eine gute Nachtruhe!"

Was für ein merkwürdiger Trink-spruch. Im Voraus auf eine gute Nacht-ruhe? Warum sollte ich nicht gut schla-fen? Ich werde schlafen wie ein Toter, war ein anstrengender Tag. Was habe ich da gerade gedacht: Wie ein Toter? Natürlich nicht wörtlich gemeint.

„Ich hoffe, es ist Ihnen nicht zu dun-kel?" fragte Draculea nach einiger Zeit „sonst kann ich noch einige Kerzen an-zünden."

„So ist es romantisch", versicherte Mi-chaela, „das müssen wir bei uns zuhause auch einmal machen."

Ihr Mann dachte: Wenn wir noch ein paar Tage hierbleiben würden, käme sie am Ende auf die Idee, dass wir bei uns auch das elektrische Licht abschaffen. Immerhin, das Essen schmeckt. Allerdings schon etwas stark gewürzt.

„Darf ich?"

Draculea näherte, beinahe zögerlich, die Karaffe und goss jedem Wein nach.

„Ich hoffe, der Wein ist Ihnen nicht zu stark? Ich habe auch noch eine andere Sorte, die leichter ist."

„Nein, nein", beteuerte Michaela, die plötzlich zu kichern begann. Ihr Mann sah auf.

„Habe mich verschluckt."

Sie nahm wieder einen ernsteren Gesichtsausdruck an und hustete.

„Es freut mich, dass Ihnen meine ärmlichen Gerichte schmecken. Früher hat meine Frau gekocht, während ich öfter außer Haus war. Ich habe nämlich einige Zeit Klavier unterrichtet und auch als Fremdenführer gearbeitet. Ich habe auch etwas Geige gespielt, es aber bald wieder aufgegeben."

«Dachte ich es mir doch, Fremdenführer. Jetzt fehlt nur noch, dass er seinen Stundensatz nennt oder morgen früh eine Rechnungskopie auf den Unterteller der Kaffeetasse legt.»

„Klavier?"

Michaela wurde hellwach.

«Oh, wie herrlich muss es sein, wenn man Klavier spielen kann! Ich muss ihn überreden, dass er uns etwas vorspielt. Seine langen, etwas spitz zulaufenden Finger sind mir gleich aufgefallen.»

„Spielen Sie noch Klavier?"

Matthias betrachtete verstohlen die Hände Draculeas und stellte sich vor, wie sie über die Klaviertasten glitten. Er wunderte sich allerdings über die zu langen Fingernägel.

«Das fehlt mir jetzt gerade noch, dass er anfängt zu klimpern. Wie vorlaut Michaela geworden ist. Sie wird doch nicht etwa schon beschwipst sein? Am Ende kommt sie noch auf die Idee, ihn zu einem Gegenbesuch in Deutschland einzuladen. Da werde ich dann aber einen Riegel vorschieben!»

Er nahm einen, dann noch einen großen Schluck Rotwein und ließ ihn sich auf der Zunge zergehen. Während er sein Glas zügig leerte, erinnerte er sich der Worte Draculeas.

«Er hat recht, der ist ganz schön stark.»

Draculea schlug einen der Rockschöße seines schwarzen Hausanzugs nach hinten, strich über eine Falte. Daraufhin erhob er eine Hand in Abwehrhaltung.

„Ich bitte um Nachsicht, aber ich habe wirklich schon länger nicht mehr gespielt und möchte Ihnen mit meinem dürftigen Spiel nicht den Appetit verderben. Auch kann ich ja nur bei Kerzenlicht spielen und sehe dann nicht mehr so gut die Tasten.

Früher habe ich oft auswendig gespielt, ohne Notenblätter. Ich wüsste im Moment auch gar nicht mehr, wo ich diese aufbewahrt habe und ob es noch auswendig geht, da habe ich auch meine Zweifel.‟

Er sah sich etwas hilflos um. Michaela trank ihr Glas leer.

„Soll ich suchen helfen? Vielleicht finden wir die Notenblätter in einem Schrank.‟

Sie war selbst überrascht über den etwas verwegenen Vorschlag. Draculeas Augen blitzten auf. Er drehte sich rasch um und schob den Kopf etwas vor, wie eine Schildkröte. Seine Stimme klang auf einmal merkwürdig schrill.

„Mir suchen helfen? Danke für Ihre Hilfsbereitschaft. Aber das geht auf gar keinen Fall! Der Schrank, in dem die Notenblätter vielleicht liegen könnten, steht in meinem Schlafgemach. Und da hat *niemand* Zutritt!"

«Schlafgemach, wie er sich ausdrückt.»

Draculea erhob sich, packte das Geschirr und schlich zur Küche. Nach einiger Zeit kehrte er zurück und räumte den Rest weg. Als er vor dem Tisch stand, wagte Michaela sich hervor:

„Und wenn Sie es auswendig versuchen? Wenn Sie nicht mehr möchten, können Sie ja aufhören."

Für kurze Zeit trat Stille ein. Draculea besann sich. Dann schritt er zu seinem Schreibtisch, griff in eine Schublade und holte einige Notenblätter hervor.

„Beethoven, Klaviersonaten «Mondschein» und «Pathetique».

Rachmaninov, 2. und 3. Klavierkonzert.

Ja, das ist gut, sehr gut...Die anderen Partituren müssen irgendwo in meinem Zimmer sein. Nehmen wir diese."

Er bat mit weit ausholender Geste in den Nebenraum und ließ seinen Gästen Zeit, Platz zu nehmen. Dann schritt er, den von getrocknetem Wachs überzogenen Kerzenleuchter mit brennenden Kerzen in der Hand, zum Klavier.

«Schade, ich würde ihm gerne assistieren und die Notenblätter umblättern. Ich hätte zu gerne mal gesehen, wie es in seinem Zimmer aussieht. Wahrscheinlich ist es der Raum gleich links neben dem Raum, in dem wir vorhin gegessen haben. Ja, das hat er, glaube ich, vorhin erwähnt. Ganz schön groß die Wohnung, für einen alleinstehenden Mann. Aber er sagte ja, er war verheiratet. Ich habe aber kein Bild von ihr gesehen.»

Ihr Mann lehnte sich bequem zurück. Nun spürte er, dass der Rotwein doch eine stärkere Wirkung entfaltete als vermutet. Er schloss für einen Moment die Augen und rief sich erneut ins Bewusstsein, wo und in welcher Gesellschaft er sich gerade befand.

«Wenn das die Leute in meiner Firma wüssten...Ich werde es mit keinem Wort erwähnen.»

Nun schien es, als habe Draculea für einen Moment vergessen, dass sich im selben Raum noch Gäste befanden. Er justierte den Kerzenständer und zog den schweren Vorhang aus dunklem Samt ein wenig zur Seite. Dann begann er, zunächst leise, beinahe zaghaft, dann immer sicherer werdend, sein Spiel.

Seine Hände glitten über die Tasten, während er nur gelegentlich in die Notenblätter schaute. Es war offensichtlich, dass er nun niemand in seiner Nähe wünschte.

Es dauerte nicht lange, bis er immer mehr in der Musik aufging, seine Finger die Tasten mit mehr Nachdruck bewegten, bis sich die ganze melancholische Schönheit, der traurige Glanz der Musik entfaltete. Dabei schien er von einer Komposition in die andere nahtlos überzugehen. Wo «Beethoven» aufhörte und «Rachmaninov» begann, war nur für Kenner zu unterscheiden.

Michaela lauschte verzückt und ergab sich den suggestiven Klängen, während Erlebnisse, Begegnungen und Gesichter der letzten Tage in ihrer Erinnerung an ihr vorbeizogen.

Ihr Mann war erstaunt über das Klavierspiel Draculeas und quittierte dies, indem er sein Glas noch einmal füllte und recht zügig leerte. Langsam legte sich Müdigkeit auf seine Glieder. Er schloss die Augen und ließ die Musik in der Hoffnung über sich ergehen, dass sie bald ein Ende finden möge.

«Hoffentlich ist es oben wärmer als hier. Er sagte doch, dass die Zimmer oben sind, oder?»

Kapitel 12: Warten Sie, ich zeige Ihnen die Zimmer...

Auf einmal beendete Draculea schlagartig sein Spiel und drehte sich um.

„Ich hoffe, es hat Ihnen gefallen."

„Oh, sehr sogar!" fiel Michaela ein. Ihr Mann öffnete die Augen und schloss sich höflichkeitshalber an.

„Sie müssen müde sein. Warten Sie, ich zeige Ihnen die Zimmer."

Draculea erhob sich, und seine Gäste folgten seinem Beispiel.

„Die Gästezimmer sind oben. Die Treppe ist etwas eng und steil. Ich habe Kerzen und Streichhölzer zurechtgelegt."

Das kann lustig werden, dachte Matthias. Kein Licht im ganzen Haus? Das kann nicht wahr sein!

Draculea drehte sich noch einmal um.

„Oh, da hätte ich beinah etwas vergessen. Das Bad, die Toilette sind hier unten."

Er fuhr einen Zeigefinger aus und deutete auf die Tür.

„Gleich hier, diese Tür. Daneben ist mein Zimmer. Aber Sie können es unschwer unterscheiden. Die Tür zu meinem Zimmer ist auf der rechten Seite und sie ist größer als die Tür zum Bad."

Matthias nickte und war zugleich verdrossen.

«Wenn ich nachts mal raus muss, soll ich in der Dunkelheit die Treppe hinabsteigen?»

„Kommen Sie."

Draculea hielt den Kerzenständer in die Höhe und wandte sich dem Treppenaufgang zu.

„Sie müssen vorsichtig gehen, besonders wenn Sie hinabsteigen. Leider gibt es hier kein Geländer."

Hätten wir nur eine Pension gefunden, dachte Matthias, in dem erneut ein leichter Grimm aufstieg. Michaela nahm mit wohligem Schauer zur Kenntnis, dass Draculeas Behausung so manche Überraschung barg. Endlich waren sie oben angekommen.

„Ich bedauere sehr, aber ich habe hier nur zwei schmale Gästezimmer mit Einzelbett."

Er leuchte in die Zimmer hinein, die nebeneinander lagen.

„Wenn Sie, bevor Sie schlafen gehen, noch ins Bad möchten: Ich lasse Ihnen natürlich den Vortritt. Ich werde ohnehin noch eine ganze Weile wach sein."

Michaela bedankte sich und wünschte ihm eine gute Nachtruhe. Draculea trat den Rückzug an.

Kapitel 13: Als ich ihn fragte, ob er den Grafen kenne...

Eine halbe Stunde später schlief Matthias ein. Im anderen Gästezimmer kauerte Michaela hellwach in ihrem Bett. Nach diesem aufregenden Tag konnte sie jetzt unmöglich gleich einschlafen.

Ihr kam ein Gedanke. Sie stieg aus dem Bett, durchwühlte eine Tasche und zog den Roman von Bram Stoker hervor.

«Ich werde noch ein wenig lesen, wenn ich schon hier bin» Sie machte es sich bequem und blickte durch die Dachluke hinaus. «Vollmond, wie romantisch» Sie schob den Kerzenständer etwas näher, zog die Beine hoch, stützte den Arm auf.

«Ja, so ist es gut, allerdings dürfte es etwas wärmer sein. Wenn man bedenkt, dass wir nicht sehr weit vom Schloss entfernt sind, man es von hier aus gut sehen kann.»

Erneut überlief sie ein beinahe wohliger Schauer, während ihr zugleich und mit erhöhter Eindringlichkeit bewusst wurde, dass ihr Mann nebenan vermutlich längst schlief und sie allein war. Was sagte Draculea vorhin:

«Ich werde ohnehin noch eine ganze Weile wach sein.»

«Ob er jetzt auch liest? Und wenn ja, was?»

Sie versuchte den Gedanken wieder abzuschütteln. Bevor sie ihr Buch öffnete, lauschte sie. Im ganzen Haus war es still. Vielleicht ist er doch eingeschlafen. Sie schlug das Buch auf und spürte, wie sich ihrer eine gewisse Unruhe bemächtigte. Ihre Augen glitten über die Zeilen, eilten über das Papier, so als suche sie nach etwas und wisse dabei nicht genau, was sie eigentlich suche.

«Wo war ich stehen geblieben?»

Sie konnte sich nicht mehr erinnern.

«Ich hätte mir ein Lesezeichen einlegen sollen. Na, ja, egal, fange ich nochmals an, umso besser.»

Sie las, beinahe atemlos: «...*Als ich ihn fragte, ob er den Grafen...kenne und mir etwas von dessen Schloss erzählen* könne, bekreuzigten sich beide...brachen das Gespräch ab, indem sie sagten, sie wüssten nichts davon[1].»

Oh, diese Stelle ist gut!

«Kurz bevor ich wegging, kam die alte Dame zu mir aufs Zimmer und sagte in hysterischem Tone: Müssen Sie denn hingehen, junger Herr? Müssen Sie denn wirklich gehen?

Sie war dermaßen erregt[1]...»

Ich glaube, das hatte ich schon gelesen, ich blättere vor:

«In dem Augenblick, da ich die Schwelle überschritten hatte, trat er rasch auf mich zu, ergriff meine Hand..., dabei war die Hand so kalt wie Eis, mehr die eines Toten als eines Lebenden[1]...»

Wenn Matthias nicht dabei gewesen wäre, hätte ich mich gar nicht in dieses Haus getraut. Aber jetzt bin ich allein. Wenn er erst einmal schläft, dann weckt ihn so schnell niemand auf...

Sie blätterte schnell, vor und zurück, bis ihre Augen eine Passage fanden, die ihr erhöhtes Interesse weckte:

«...*das große Tor ging auf. Innerhalb desselben stand ein hochgewachsener, alter Mann, glattrasiert, ...schwarz gekleidet...In der Hand hielt er eine...silberne Lampe, auf der...eine Flamme brannte, sie warf lange, zitternde Schatten*[1]...»

Von Kopf bis Fuß schwarz gekleidet..., genau wie er! Er hielt eine Lampe in der Hand und Draculea einen Leuchter! Oh, ob das Zufall ist?

Sie bemerkte, dass ihr Herz stärker schlug und zog die Decke etwas höher, da sie erneut einen kalten Lufthauch spürte, der ihr über den Nacken strich.

Die Dachluke muss undicht sein, da dringt Luft durch, ganz schön kalt hier. Wenn ich nur eine zweite Decke hätte.

Sie öffnete das Buch erneut, rückte etwas näher, blätterte hastig und las:

«*Sie werden es mir nicht verübeln; diniert habe ich schon*[1]...»

Michaela erschrak: Das fällt mir jetzt erst auf! Draculea hat auch nicht gegessen! Wieso habe ich das nicht vorher bemerkt. Zufall? Oh, nein!

Nun überkam sie ein Gefühl kalten Grauens. Sie blätterte vor, fuhr mit dem Finger über die Seite, las:

«Ich fand nun Gelegenheit, ihn zu beobachten, und ich muss sagen, er besitzt eine sehr ausdrucksvolle Physiognomie[1].»

Michaela hielt das Buch geöffnet und legte sich unwillkürlich eine Hand auf ihr Herz:

Gelegenheit Draculea zu beobachten, die hatte ich auch und ich habe auch festgestellt, dass er markante Gesichtszüge hat.

Für einen Moment kam ihr das Gemälde in den Sinn, das Vlad Tepes darstellte und dessen Züge sich mit denen von Draculea zu vermischen schienen. Beide hatten ein Gesicht, das man nicht mehr vergisst.

Nun war Michaela, als übe das Buch einen Sog aus, dem sie sich kaum noch entziehen konnte. Sie öffnete es hastig, blätterte schnell weiter:

«...Als der Graf sich einmal über mich neigte und diese Hände mich berührten,

konnte ich mich eines Grauens nicht er-
wehren[1]...»

Eines Grauens, es gibt kein zutreffen-
deres Wort...Wollte ich es nicht wahrha-
ben? Als er mir die Hand gab, es fiel mir
gleich auf, wie seltsam sie sich anfühlt,
so unangenehm, wie ein kalter, toter
Fisch.

Michaela verzog das Gesicht zu einem
Ausdruck des Entsetzens.

Wie kalt der Wind durch die Fensterläden bläst. Vielleicht sollte ich schnell
hinübergehen und meinen Mann wecken.
Draculea sagte, er bleibt noch eine ganze Weile auf...

Michaela presste eine Hand gegen ihren Mund, blickte zur Dachluke und
lauschte:

Hat da eben ein Hund geheult? Sie
beugte sich wieder über das Buch, fuhr
mit dem Finger über die Zeilen:

*«Sie können im Schloss hingehen, wo
Sie wollen, außer dahin wo die Türen
verschlossen sind[1]...»*

Michaela legte das Buch auf die Seite.

«Und wenn ich nachher auf Toilette muss? Er warnte uns doch auch, einen Raum nicht zu betreten, oder bilde ich mir das jetzt ein? Ach, nein, er sagte ja nur, welche Tür zu seinem Zimmer und welche zur Toilette führt.»

Sie ergriff wieder ihr Buch und schlug es hastig auf, las:

«*Was ist das für ein Mensch, ...was ist das für eine Kreatur, die hier in Menschengestalt sich verbirgt? Das Entsetzen...überwältigt mich, ich fühle es; ich bin in Angst, in schrecklicher Angst[1] ...*»

Ich auch, aber mein Mann ist nebenan und ich kann ihn jederzeit rufen, falls er mich dann hört...Oh, sicher würde er mich hören, ganz bestimmt – oder vielleicht nicht?

Ach, hätte ich doch vor unserer Reise eine Pension reserviert!»

Michaela atmete schwer. Nun war ihr, als habe sich eine kalte Hand auf ihren Nacken gelegt.

«Er sagte: Ich werde ohnehin noch eine Weile wach sein...Jetzt verstehe ich erst, OH, NEIN, BITTE NICHT!»

Kapitel 14: Im Raum war es nun dunkel...

Michaela klappte hastig das Buch zu, schlug die Bettdecke zurück und verstaute es tief in ihrer Tasche. Dann kroch sie, so schnell sie konnte, wieder in ihr Bett zurück. Sie zog die Decke bis an ihr Kinn hoch und lauschte.

«Am besten, ich schlafe jetzt, aber wer weiß, ob ich jetzt überhaupt einschlafen kann.»

Wieder glaubte sie in der Ferne, Geheul eines Hundes zu hören. Sie vergewisserte sich, dass Streichhölzer in Griffweite lagen und blies, der Reihe nach, alle Kerzen aus. Dann legte sie sich flach auf den Rücken, zog die Decke hoch, versuchte zur Ruhe zu kommen.

«Mein Mann hat es gut, er hat einen tiefen Schlaf.»

Im Raum war es nun dunkel, bis auf eine Ecke, auf die etwas Mondlicht fiel.

«Ob Draculea noch wach ist? Hoffentlich nicht...Obwohl, kann mir ja egal sein. Ist es mir aber nicht.»

Gut zwanzig Minuten danach lag Michaela immer noch wach. Nun bemerkte sie zusehends und zu ihrem Entsetzen, dass sie auf die Toilette musste.

«Oh, nein, das darf nicht wahr sein, nicht jetzt!»

Sie kämpfte eine Weile, dann spürte sie, dass sie nicht länger warten konnte. Sie tastete nach den Streichhölzern, fand sie nach einiger Zeit und zündete mühsam die Kerzen wieder an. Zehn Minuten später lief sie im Raum hin und her.

«Ich muss die Treppe hinab, auf Toilette und dann, ganz schnell, wieder zurück. Wenn ich die Tür hier nur abschließen könnte. Ich muss leise gehen, langsam, ganz leise, sonst hört er mich. Hoffentlich knarren die Stufen nicht

...Vielleicht schläft er nachts überhaupt nicht..., nur tagsüber. Wenn die Treppe ein Geländer hätte, könnte ich es wagen, ohne Kerzenlicht hinabzusteigen, aber sie hat keines und in der Dunkelheit, steil und eng wie die Treppe ist, traue ich mich nicht. Hoffentlich sieht er das Kerzenlicht nicht, ich muss sie alle entzünden, sonst stürze ich noch in der Dunkelheit.»

Sie tastete nach den Streichhölzern, entzündete die drei Kerzen, mit denen der Leuchter bestückt war, schob eine Hand vor die flackernden Kerzen, schlich langsam voran.

«Jetzt muss ich langsam und leise die Treppe hinunter, aber auch nicht zu langsam, ich muss jetzt wirklich auf Toilette.»

Sie näherte sich der ersten hinab führenden Stufe, tastete nach der Wand.

«Ich hätte die Stufen zählen sollen. Wie dunkel es ist, die Kerzen leuchten nur schwach.»

Sie tastete weiter mit einer Hand die Wand entlang und setzte ihren Fuß auf die nächste Stufe.

«Wenn ich wenigstens meinen Schatten sehen könnte.»

Michaela bemerkte, wie eine der Kerzen erlosch.

«Das darf nicht wahr sein, hier weht doch gar kein Wind. Jetzt sehe ich noch weniger.

Ich will zurück in das Gästezimmer. Wenn ich bedenke, dass er mit Vlad Tepes verwandt ist: Mit dem Pfähler! Wie konnten wir uns nur darauf einlassen, bei ihm zu übernachten? Wie konnte ich nur so leichtsinnig sein!»

Wieder setzte sie einen Fuß nach unten, die Stufe knarrte.

Wie viele Treppen sind es jetzt noch? Hätte ich sie doch gezählt, ich kann kaum etwas sehen.

«Was ist das für ein Mensch, was ist das für eine Kreatur...»

Ich muss den Kerzenleuchter gerade halten, sonst erlischt am Ende noch eine Kerze und ich bin verloren.

Liebt er die Dunkelheit? Ich nicht! Vielleicht sollte ich zurück, meinen Mann rufen, aber ich sehe ja kaum etwas und der Weg nach oben ist jetzt länger als der Weg nach unten. Wenn ich die andere Hand frei hätte, könnte ich mich besser an der Wand entlang tasten.

Vorsichtig bewegte sie einen Fuß nach unten, bis sie die nächste Treppenstufe fand. Nun konnte es nicht mehr weit sein. Sie hielt kurz inne, erschrak.

«Und wenn ich am Ende der Treppe ankomme, was dann? Ich muss erst geradeaus und dann nach links, ja, jetzt weiß ich es wieder! Hoffentlich komme ich gleich an und finde den Weg. Ich halte es nicht mehr lange aus.»

Michaela bewegte einen Fuß vor und zurück, vergewisserte sich, dass sie unten angekommen war. Sie besann sich auf ihr Eintreffen am Abend und versuchte, sich den vor einigen Stunden gesehenen Raum wieder zu vergegenwärtigen.

«Ich muss aufpassen, dass ich nicht irgendwo anstoße und Lärm mache.»

Sie sah sich nach allen Seiten um und konnte kaum etwas erkennen.

«Er muss die Vorhänge zugezogen haben.»

Sie streckte, wie Hilfe suchend, eine Hand aus und schritt langsam voran.

«Ich muss nach links, jetzt weiß ich es wieder, zwei Türen, die eine führt ins Bad. Und die andere?»

«Dort lag in einer der großen Kisten der Graf[1]...»

«Zum Glück habe ich mir gemerkt, welche Tür zum Bad führt, gut, dass ich aufgepasst habe! Kein Grund zur Aufregung! Nur muss ich jetzt schneller gehen, sonst schaffe ich es nicht mehr.»

Sie setzte vorsichtig, doch nun etwas zügiger, Schritt um Schritt nach vorn.

«Ich werde ohnehin noch eine Weile wach sein...»

«Er sagte: Eine Weile, nur eine Weile, er schläft bestimmt schon lange.»

Sie war unwillkürlich stehen geblieben.

«Und wenn nicht, wenn er wach ist? Ich darf nicht daran denken, ich muss schnell ins Bad.»

Nach drei weiteren Schritten hielt sie den Kerzenständer etwas höher. Nun konnte sie schemenhaft zwei Türen erkennen. *Endlich!* Sie schritt langsam voran, bis sie unweit der Türen stehen blieb.

«Gar nicht auszudenken, wenn ich nicht richtig zugehört hätte:»

«Gleich hier, diese Tür. Daneben ist mein Zimmer. Sie können es unschwer unterscheiden. Die Tür zu meinem Zimmer ist links, daneben die Tür zum Bad.»

Na, also! Sie bewegte sich nach vorn und legte vorsichtig eine Hand auf die kalte Klinke.

Endlich habe ich es geschafft! Sie drückte die Klinke langsam nach unten, drückte die Tür auf, hob den Kerzenleuchter in die Höhe und stieß einen gellenden Schrei aus, dem ein weiterer, noch lauterer Schrei folgte. Kerzenlicht fiel auf das Gesicht Draculeas, der unmittelbar vor ihr stand und sie an einem Handgelenk packte.

„Dachten Sie, ich würde Sie nicht kommen hören? Was suchen Sie hier?! Ich sagte doch, dass hier niemand Zutritt hat!“

Matthias sprang aus dem Bett. Ihm war, als habe er Schreie gehört. Oder habe ich das geträumt? Nein, ich bin davon wachgeworden. Er zündete hastig die Kerzen an.

Michaela stammelte: „Ich wollte nur auf Toilette, habe in der Dunkelheit..."

Draculea sah sie argwöhnisch an, dann dirigierte er sie zum Bad. Er ging dicht hinter ihr, legte ihr eine Hand auf die Schulter und führte sie zum Raum nebenan.

Matthias eilte die Treppenstufen hinunter. Unten angekommen bot sich ihm ein Bild, das ihn mit Entsetzen und wilder Wut erfüllte:

Michaela, mit einem Kerzenleuchter in der Hand auf dem Weg zum Bad und hinter ihr die grauenerregende Gestalt Draculeas, der sich herangeschlichen haben musste, dessen Hand, von ihr unbemerkt, sich ihrer Schulter näherte.

«Ihre Schreie haben mich geweckt. Nun weiß ich, dass er mit dem Pfähler verwandt ist!»

Er stürzte nach vorn: „Michaela!",
packte Draculea bei der Schulter und
riss ihn herum. Dann fuhr seine Rechte
aus und ein gewaltiger Schlag streckte
Draculea zu Boden.

„Er hat dir nachgestellt, er war mir
gleich nicht geheuer!"

Michaela presste ihre Hände an die
Schläfen und sah ihren Mann mit großer
Bestürzung an.

„Ich wollte nur auf Toilette und"

Bevor sie den weiteren Fortgang erklären konnte, hörte sie die Stimme ihres Mannes, die nun ungewöhnlich hart
und resolut klang:

„Der schläft erst einmal und wird
schon wieder zu sich kommen. Gehe auf
die Toilette, dann komm schnell hoch.
Wir ziehen uns an und verlassen umge-
hend dieses schreckliche Haus!"

Michaela beeilte sich, während sie ein
Gefühl zunehmenden Grauens überkam.
Sie vermied es in Draculeas Richtung zu
sehen. Bevor sie zum Bad ging, über-
wand sie sich und schaute ihn an. Dann
wendete sie ihren Blick mit einem beina-

he ungläubigen Augenausdruck ab und eilte, so schnell sie konnte, nach oben.

Sie unternahm noch einen Versuch, ihrem Mann zu erklären, was vorhin wirklich vorgefallen war. Doch er verbot ihr, den Namen ihres Gastgebers noch einmal zu erwähnen, zog sich hastig an und hielt sie an, es ihm gleich zu tun.

Wenige Minuten danach setzte er kurz die Koffer ab und schlug die Eingangstür hinter ihnen zu.

„Wohin willst du jetzt?!"

„Gehen wir zurück ins Zentrum, vielleicht finden wir ein Taxi."

„Ein Taxi, mitten in der Nacht?"

Er zog sie mit sich und schweigend schlugen sie den Weg ein, der sie in die Gegend zurückführen musste, in der sie bei Tageslicht vergeblich nach einer Unterkunft gesucht hatten. Doch Matthias verlief sich.

Es dauerte nicht lange und fern, in der Anhöhe, tauchten die Umrisse von Burg Bran auf. Matthias blieb, wie gebannt, stehen. Es war, als beherrsche diese seltsame in wild zerklüftete Landschaft und Fels gebaute Burg die Landschaft, als überschaue sie Berg und Tal, als halte jemand, auch zu dieser Nachtstunde, Ausschau und Wacht.

«Und da oben soll er zwei Monate gehaust haben?»

„Matthias?"

Es schien, als höre er sie nicht, während ihm wieder war, als breite sich, von der Burg kommend, eine unheimlich suggestive Musik aus, die langsam das Tal erreichte.

«Draculea, gestatten, Nicola Draculea...Dieses Potrait von Vlad Tepes hat ein Verwandter von mir gemalt...Wissen Sie warum ich es nicht mehr an der Wand sehen wollte? Weil ich *mich* darin sehe.»

„Matthias???"

Er drehte sich um und sah Michaela tief ins Gesicht. Dann bewegte er sich auf sie zu, ergriff ihre Hand und sagte eindringlich:

„Gar nicht auszudenken, was hätte passieren können. Ich möchte nicht wissen, was er mit dir vorhatte! Ein Glück, dass ich wach wurde! Er ist nicht umsonst mit dem Pfähler verwandt."

Quelle der Zitate: Bram Stoker, Dracula, Fischer Taschenbuch, September 2016, in der Übersetzung von Heinz Widtmann; (nach Rücksprache mit dem S. Fischer Verlag: Da seit dem Tod des Autors über 70 Jahre vergangen sind, ist das Werk gemeinfrei).

Cover:
Unbekannter Künstler, Vlad Tepes, der Pfähler, Woywode der Walachai, 2. Hälfte des 16. Jhd., Ölgemälde, Kunsthistorisches Museum Wien, Gemäldegalerie, fotografische Reproduktion.

(This work is in the public domain and also considered to be in the public domain in the USA).
https://commons.wikimedia.org/wiki/File:Vlad_Tepes_002.jpg

Über den Autor

Paul Baldauf, Buchautor und Übersetzer (Englisch, Italienisch, Spanisch, Französisch, Portugiesisch > Deutsch), lebt und arbeitet in Speyer am Rhein. Neben Büchern veröffentlichte er in Zeitungen, Kultur- und Freizeit-Magazinen, Anthologien und Rundfunksendern (Gedichte auch in spanischer Sprache, in Radio Maria).

In italienischer Sprache war er 3 x Preisträger bei Schreibwettbewerben des italienischen Kulturmagazins Onde (2 x 1. Preis, 1 x 2. Preis).

Er schreibt Romane, Reiseliteratur, Kurzgeschichten / Erzählungen und Gedichte, veröffentlichte zahlreiche eBooks (in drei Sprachen) und ist Mitglied im Verband deutscher Schriftstellerinnen und Schriftsteller. Weitere Informationen unter: www.autor-paul-baldauf.de

MIX

Papier | Fördert
gute Waldnutzung

FSC® C083411

Zeitfracht Medien GmbH
Ferdinand-Jühlke-Straße 7
99095 Erfurt, Deutschland
produktsicherheit@kolibri360.de